生命中的那一个遗憾

我们 编

世纪文睿 Century Literature

上海世纪文睿文化传播公司 出品

我们的缺憾　我们的行动　我们的期盼

■ 我们的缺憾:

梦晓(东方都市广播节目监制、主持人)

五年前我亲爱的奶奶在另一座城市不幸摔倒,继而陷入了长时间的卧床状态,父母怕影响我的工作,就要我忙完这阵再回去。当时的我也确实被诸多事纠缠得似乎分身乏术,除了第一时间寄钱回家,"忙过这阵儿"成了我宽慰自己的理由。直到那一个 7 月 5 日的凌晨,做完《相伴到黎明》直播节目的我,在睡梦中看见奶奶一袭白衣坐在一间通透的充满绿色植物的房间里,用那特有的西北口音微笑着对我说:"我这儿好着呢,房子大着呢……"梦里仿佛还闻到奶奶抽的莫合烟的味道。醒来,妈妈来电,奶奶就在我做梦的那一刻驾鹤西去……

总是有太多的理由让我们把对家人的关爱放在明天,有太多的借口让我们相信明天还有明天……亲情,仿佛是这个世界上与生俱来,我们以为永不会丢失的情感,直到那一天……终于我们知道,还有许多是来不及的遗憾。

■ 我们的行动:

林岚(上海世纪出版股份有限公司世纪文睿分公司副总经理)

2011 年的中秋前夕,世纪文睿联手第一财经电视"速读时代"节目、东方都市广播"梦晓时间"节目,发起了一场大型亲情征文活动"生命中的那一个遗憾",期待给埋藏于心的那份关爱提供一个表达的平台，为你我生命中那一个遗憾提供一次弥补的机会。

三个半月来，我们的活动得到了多方响应，也得到了新浪微博的大力支持。我们的邮箱里塞满了读者、听众、观众和身边朋友们的来稿，我们的微博上也留下了众多网友的私信、跟评……借助这个平台，许多人重拾了记忆中那些温馨的画面，重拾了心灵的爱与回报。这些或朴实或深情的文字，通过电视、广播的选播，不仅让那些被我们忽视的细节又重回眼前，更是引起了社会各界的关注和讨论，反响热烈。

我们挑选出最感人的作品，汇编成这一本精选集。这里，有知名人士的不堪回首，有普通读者的唏嘘感叹；有文采斐然的抒情，也有朴实无华的叙述；无一例外的是字里行间的真情，痛悔、缺憾，因真实而动人。在社会飞速发展的今天，这些文字恰如印第安人的古老忠告——停一停，让我们等一等灵魂。

■ 我们的期盼：

仇耀耀（第一财经电视“速读时代”节目制片人）

31 篇征文，31 段微博与摘录，共同构成了这一本温暖、隽永、含泪带笑的书，《生命中的那一个遗憾》。

生命中的那一个遗憾，也许是我们未能及时说出的话，也许是对亲人的误解，也许是对身边人的疏忽……工作的节奏越来越快，陪伴家人的时间却越来越少；生活的质量越来越高，对亲人的关注却越来越少。我们似乎忘记了，让关爱我们的人满足其实并不复杂——一个电话，一声问候，一个拥抱，一份礼物就是最简单最深厚的爱。

《生命中的那个遗憾》这本书，就是让许多曾经心怀遗憾的人们还原那些无法改变的回忆。与所有参与者一样，我们节目组的同仁们同样珍惜这样的机会，在直面自己的遗憾之后，再用正面的力量告诉更多的人，不要等到失去之后才懂得珍惜，把握当下，少留遗憾。

目录 Contents

1 阿爷的遗产 / 沈善增

7 永远的空白 / 简平

13 表达空白 / 殷健灵

19 爷爷的西窗 / 吕玫

25 一生的偏爱 / 安宁

33 心中的纠结 / 范大宇

41 爷爷,你走好 / 林岚

53 那张照片在哪里 / 龚静

61 那年的雨季 / 汪怡

69 我父 / 谢正宜

73 父亲的房子我们的家 / 吉成

81 老槐树 / 黄荭

87 我的眼睛看见太阳 / 叶有初

93 让我为你做一双鞋 / 孔明珠

99 一只豆沙月饼 / 刘绪源

103 姊妹坡 / 陆梅

109 我要去乍浦 / 许云倩

115 生命是一条河 / 刘佳俊

121 依依亲情 / 章慧敏

129 遗憾总和伤痛相伴 / 方金

133 遗失在追寻的路上 / 黄思瑜

139 假如时光能够倒流 / 陈月萍

143 那年少无知轻狂的伤 / 万斋的媚儿

147 写给曾经的青春 / 徐宁

151 我想加倍疼爱您 / 蒋文佳

159 隐藏在心底的眼泪 / 北草儿

163 宝贝 / 任青

169 如果爱,请深爱 / 山之遥

173 十年 / 仲要

181 不堪回首 / 赵健雄

186 生命,一盏绿色的孤灯 / 敖惠琼

阿爷的遗产

沈善增

阿爷抽雪茄烟。他有哮喘病，抽香烟要呛，抽雪茄却不呛。他抽的不是至少一元多一支的古巴雪茄，而是二角二分一包十支的工字牌小雪茄。据他说也曾尝过一支古巴雪茄，味道不好，也要呛，独有工字牌不呛。如果古巴雪茄不呛而工字牌要呛，事情就不好办了。他的退休金是二十五元九角六分，因为每每不到月头五日领钱的日子，家里早在盼望念叨这笔收入，所以这数目至今我还记忆深刻。

小雪茄虽然价廉物美，却不好买，也许是产地四川那年头多武斗的缘故。我往往见了就一气买十包，等他抽得只剩两包了，我再四处去寻觅。好在他抽得省,存货快告罄时就更省,原来一支分三四次享用的,到那时便翻作七八次,一包烟可以延长到对付个把月,故而我还没有一次未能完成采购任务的。

阿爷从1974年冬天起就基本不下床了。白天家里人都去上班,他就独自拥被半坐半躺在床上,靠沉思默想打发日子。中午,妈妈回家侍候他吃饭。除了偶尔诉说自己死期将近,他的头脑始终很清晰,一点也没用老年人的唠叨来干扰晚辈。1975年5月的一天上午,他要点一支雪茄,平时雪茄与火柴都是端正好放在床边凳子上的,这天不知怎么疏忽了,有烟没火。他撑起来找火柴,突然一个头晕,摔倒在地,就再也起不来。后来邻居隔着锁着的门隐约听到他在喊救命,跑到妈妈单位找来了她,她又打电话叫来了我。我们立刻张罗救护车将他送进医院。他摔倒时,桌上一只旧闹钟也跌落在地,即刻停摆。于是,我们后来推算出,他在地板上躺了有一个多小时。

阿爷是股骨颈骨折,医生说,骨折不致命,我们的良心松了一口气。医生又说,他瘦得只剩薄薄的一层皮,严重脱水,再加上长期哮喘引起的肺气肿性心脏病,还是随时有生命危险。这话我不信。八十六岁,哪个医生说话不要留有余地。要说哮喘,阿爷也哮喘了十几年,咳起来天昏地暗,但我们早已习以为常,一只小小的气雾剂即刻能缓解,不把它当什么病。至于瘦,那历史比哮喘更悠久,可以说从我生出来认识阿爷,他就一直这么瘦。已经瘦到了八十六岁,就不能瘦到一百岁吗?阿爷住院了,把脚吊起来作牵引。家里人轮流昼夜陪他。

一天，轮到我陪，他要我给他点支雪茄。我看床边柜上，一包刚开封，缺了一支。另一个纸壳里，都是抽剩的长长的残段；有的有半支长，有的甚至有三分之二支，共有七八段，我就从中取出一段要给他点，谁知他连连摇手，说："拿新的，这放下，拿新的！"

"为什么？"

"这味道不好，抽了嘴巴发苦，我要新的。"

"这不是一样的？"我觉得好笑，"怎么抽过的味道会变呢？"

"是的，你不知道，味道两样的。你给我拿新的。"

我不拿。

他忽然对我笑了，笑着摇了几摇头，然后说："善增，你真戆，阿爷这点雪茄还抽得完吗？你尽管让阿爷爽爽快快抽，阿爷抽不完了……"

我很难受，难受得有点恼火。我最怕听阿爷说到死。您不该用死来对我施加压力，叫我进退两难。如若不依，未免太心狠；如若依了，岂不是向您默认死神已经逼近……

我还是决定不依。我有一千条理由。我那时说了许多，绝对的真诚，今天我一句也不想提起。

阿爷被我说服了。他让我点起一支残段。瘪瘪的嘴巴咬着雪茄，一鼓一缩，像吹喇叭似的，也很有滋味。我相信我做对了。对满足他的怪念头来说，他更需要增强生的信心。

一个多月以后，阿爷真的死了，心力衰竭而死。像蜡烛耗尽，火苗渐渐地却又突然地熄灭，化为一道白烟。人们都说他福气，活得那么长久，死得那么爽气。

他留下了四包原封未动的小雪茄。

当时倒并没怎么。十年过去了,多少我以为一辈子忘不了的人和事如今都淡忘了,那四包原封未动的小雪茄却就是忘不了。

沈善增,上海作家协会理事,专业作家。

整理遗物时，发现爸爸的手机里有一条未发送的短信：女儿，你在那还好吗？你妈妈想你了。这是我看到的第一条爸爸给我的那么温柔的短信，我想他都不善于说他也想我这句话。可惜，这条信息他没有发送成功。我从未和他拥抱过，我也从未和他好好相处过，在我心中，他一直是一个好冷酷的人，很少对我笑。当我看到那个短信的时候，他已经不在了。

——网友

永远的空白

简 平

父亲出身贫苦,很小的时候就外出流浪了,他从没上过学,可凭着聪明和勤奋,在中药铺里当学徒时不仅学会了识字,还因为帮着抄方练得一手好字。父亲颇有些艺术细胞,平时喜欢写写画画的,有一阵,我看他一直在琢磨画人像,打好九宫格,戴上单眼放大镜,对着相片一丝不苟地画着。

1978 年,父亲因心脏病病休在家,大概算是修身养病吧,父亲自习起了国画。他非常投入,每天把宣纸、颜料、笔架、水瓶摊得满桌满地。他还买来了好多书,什么《白描花卉》,什么《明清山水图案》,进行研究和临摹。我们当然由着他去,在我看来,这不过是玩玩的,所以我甚至连父亲的“大作”看都不想看一眼。可有一天，我一踏进家门，便觉得有些不对劲，仔细瞧瞧，原来墙上多了一幅画。那是什么玩意呀，几瓢水，几根柳，几只雏鸭，还煞有介事地题上了“春江水暖鸭先知”。无疑，这是父亲将他的“大作”堂而皇之地张挂出来了。父亲闪在一旁，那样子分明有些得意。他看着我，似乎想听听我的意见。有什么可说的，稚拙！我一边嚷“难看”，一边坚持着要父亲把画从墙上撤下来。父亲不愿，我就发开了脾气，说是七挂八挂把墙壁弄得乱糟糟的，还说把这种粗劣的东西挂出来，非得让来客笑掉大牙。父亲有点软了，孩子般地央求让他挂几天，可终因“有碍观瞻”而未获准。父亲一脸的沮丧，无可奈何地将画取了下来。

过了些日子，一次我提早回家，发现父亲趁我们不在，又把他的画作挂到了墙上。那是一幅山水画，连绵的山脉中一注瀑布飞流急下，气势磅礴。父亲站在画前，饶有兴趣地自我欣赏着。好一会儿，父亲把画从墙上取下来，另外换了一幅挂上。这次是瓜果图，有紫色的葡萄，有青绿的黄瓜，它们都倒挂在藤上，而且沾满了露珠，晶莹剔透。父亲依旧站在画前，侧着头仔细地看着。忽然，他听到了我的声音，于是急急忙忙地爬上凳子去取画，慌乱中，碰翻了桌上洗笔用的水瓶，水漫洇开来，浸着了宣纸，他又急忙下来搬纸，搞得手足无措。父亲涨红了脸，尴尬地望着我。

就在这一瞬间，我想起了遥远的往事。我小时候总喜欢在墙上乱涂乱画，父亲刚刚粉刷过的墙，不一会就会被我用粉笔、蜡笔、铅笔涂得一塌糊涂。家里人气呼呼地骂我，可父亲总护着我，说没关系没关系。我更来劲了，不仅画画，还在墙上做算术，写造句。后来，父亲干脆在墙上为我开辟了一块“学习园地”,他甚至比我还起劲,除了画的、写的,还把我得到的奖状、被老师打上五角星的作业本,统统地挂了上去。那时,父亲也常常望着我,眼光里充满了慈爱、期待和骄傲。可是今天……现在轮到我脸红了。

我轻声地对父亲说,就把画挂着吧。

父亲却憨厚地笑了,说是不挂了,他要重新画几幅更好的。

这一年的夏末,酷暑未消,父亲就开始画嫦娥奔月图了,他希望在中秋节时能画好,他希望这次能得到我们的认可。在父亲的设想中,他的这幅画只有一层叠一层的云海,没有那轮月亮,嫦娥手持一盏宫灯乘风直上,寓意这是一条相当遥远也相当艰辛的路途。父亲画得很用心,光嫦娥那只持灯的手就画了好多天,改了又改。从铅笔画出的底图来看,嫦娥的面容温柔却不乏坚毅,她头戴花冠,长衣飘飘,身姿轻盈婀娜,犹如飞天。我对父亲说,我很喜欢这样的嫦娥,出自凡间,没有一点的富贵气。父亲听了,很是高兴。我想,等到中秋那天,我一定要郑重其事地把父亲的这幅嫦娥奔月图挂到墙上。可谁也没有想到,父亲还没来得及为他的画着上颜色,竟在中秋节前猝然离开了人世。

从此,我们家的墙上,我们的心里,就留下了一片永远的空白。

这真是莫大的遗憾。对我来说,这更是莫大的愧疚。如果当初我不反对父亲将他的习作挂在墙上,那他就可以获得一份成就感,这对一个修身养性的病人来说,是多大的安慰!可是,我却那么不懂事理地阻止了他。我的阻止其实很深地伤害了父亲的自尊,伤害了父亲的期待——原本他是可以静静地欣赏自己的习作,并在我们因亲情而生的宽容和认可中得到鼓励和褒奖，让病中的日子绽放出生命的美丽的！

即使在父亲去世三十多年之后，我依旧因这份遗憾、这份愧疚而痛心不已。

简平，上海广播电视台主任编辑，影视剧制作人，作家。

爱也许就是带回家几个母亲爱吃的红柿；爱也许就是父母病榻边总也不离开的一个身影；爱也许就是能陪母亲逛逛街心花园……爱也许就是那么简单，就像父母亲从没有向我们奢求过什么那样平淡。而这，却又是抚慰两老的最好良剂！它是一个唾手可得的幸福，只是我们太少在乎。

——Ousilang

表达空白

殷健灵

她不是我的情人，我却写了一本关于她的书。我在里面向她倾诉，在很长的时间里，抱着它入睡。在那些梦想和困顿纠缠的岁月里，它是一束温暖柔和的微光，照亮和安抚女孩惶乱的心。我是它唯一的读者。

她是我初中时代的老师。那时，她教邻班的语文，总是很早到学校。那个年龄里，心里含羞着，常常要自觉或不自觉地掩饰和包裹自己，于是，走路也是低着头。那个早晨，正在校园里走着，从低着的眼睑下，看见一双黑布鞋，白的边，秀气的圆口，横搭襻，衬着白棉袜。那双脚很快地超过我，带过一阵风，抬头，就看见了一个修长的背影，顺在耳后的短发,藏青色的手织毛衣,提着一个手袋。我站在后面看着她,莫名地就生出了一股亲近。

第二个学期,她成了我的班主任。早晨,她静静地站在窗外,温和地看着教室里闹成一团的孩子,不说一句斥责的话。里面的见着她,自然会慢慢安静下来,乖乖地掏出书本来看。

她喜欢女孩子,尤其是那些安静的女孩子。和你说话的时候,轻轻地揉揉你的肩,扯一扯你翘起来的领子和衣角。她大概也觉出了我对她的喜欢,上课的时候,目光总要落到我的身上,别人答不出来,她就说:“你说说看,好吗?”

我坐在下面看着她,在那个背阴的却流淌着暖烘烘的身体气息的教室里,她是冬天里的暖阳。那个年龄里,渴望着身体的拥抱,渴望着母爱和热切的爱的表达,还有另一颗包容自己的心。我遇到了她,并且产生了一种特别的情感。我不知道别的女孩会不会有类似的经验,它没有异性之爱浓厚和痛楚,却更圣洁真纯,就像拳击手爱蝴蝶,歌唱家爱沉默,我对她的爱,犹如闪电爱宁静纯净的屋顶,蒲公英爱温厚广袤的大地。

在爱的浸润里,枯涩的生活会变得光艳照人。那样的爱,竟是可以支撑起一个女孩整个的希望的,像一束光,将我从逼仄处引领向开阔地。

在她的目光润泽下,我发现自己可以更加的好。那种好,是她喜欢的。我愿意做她喜欢的事。就像婴儿为了拥有母亲的怀抱,努力显出娇弱和乖巧,而我却在一个属于少女的梦中,渐渐接近那个虚化的美好境界。

短短的那两年，是我迄今为止的生命中最最充实最最艳阳朗照的日子。在我的意识里，她已经不是一个存在的她，更多的时候，她成了一种女性的象征，我从她身上，渴望和揣摩着自己的未来。

上了高中，我和她还是在一个学校，只是不再能常常见到她。被繁重的学业扭曲的生活并不让我喜欢，也没有人代替她成为我眼里的亮点。只能在经过她的办公室的时候，搜寻她的影子，很多次，都是失望的。于是，便在每个做完功课的深夜，从抽屉的深处，掏出那个包好了封皮的本子，写下一些秘密的话。那些话是对她说的，她却永远都不会看到。每天都写，几行，或是几段。写着写着，我会看见她远远地站在空阔的走道尽头，看着我，眼睛里永远有一种欣赏和温情，母性的，含蓄的，沉默的。那些来自心灵深处的目光和夜里橘色的灯光糅合在一起，撑起一把暖色的伞，把夜的寒气挡在外面。这件事，我一直做了三年。到了后来，它慢慢变成了一本薄薄的书。

我只去看过她两次。一次，是高一那年的春节，和初中的同学一起去的。走的时候，她特意拉住我，摩挲着我的背，说："一定要常来啊。"这话像是对所有人说的，又像对我一个人说的。我点头，又害羞地低下头去。还有一次，就是上大学之前，和母亲一起去的，是去向她告别。她送我一只绒毛小狗，躺在编得很精致的竹篮里。去上海念大学，它是我带走的唯一的玩具，我把它挂在我的蚊帐里，而那本关于她的书，也一直藏在我的箱子里。十年过去了，装小狗的竹篮早已破损，小狗依然完好地被我收藏着。

大一那年，发生了很多事。有一件，就是关于她患绝症的消息，据说已经是晚期。寒假回去，她刚刚动完手术。我去看她，大衣里，藏着那本关于她的书。听说她得病，我第一个想到的，就是把那本书拿给她看，我想让她知道，又羞于让她知道。我怕，她会永远失去看到它的机会。

她仿佛一夜之间憔悴了，倚在床头，像一片失了绿意的叶子。脸刀削一般地瘦下去，只有眼睛没有变，依然是鹿一样温和善良的目光。她没有谈她的病，我更不敢提，手在口袋里摸索，触到那个光滑的封面，却始终没有把它拿出来的勇气。它好像一块冰，在应该拥有的人面前，它会忽然被热力融化。它太丑陋和浅薄，我惧怕它的丑陋和浅薄会玷污那份永远都无法表达的深情。

我终于没有让她看到它。走到冬天的太阳下，我把它从口袋里掏出来，那上面浅浅地印着我的手印，带了一层细汗。

后来，她竟奇迹般地熬过来了。我听说她能下床走动了，听说她走出去锻炼了，也听说她在深夜里绝望地哭泣，还听说她再也没有胖起来，瘦得要被风吹倒。

我给她写信，说一些身边的事，却绝口不提她曾经对于我的意义，还有那本秘密的写给她的书。她有时候回信，有时候不回。每次放假，我都要去看她。她重新有了笑，她说她在好起来，重新上课了，只是课时很少。我在她的相册里看到我送给她的照片，放在醒目的位置。我们开始聊一些属于大人的话题，我长大了，她却老了。

转眼十年过去了，她依然活着，早已超越了常识上癌症患者的存活期。我不再担心她的健康问题，相信她会像她那个年龄的人一样，好好地活下去，到老。去年冬天，她告诉我，她很快就会举家迁回上海，她的大女儿在上海工作，小女儿也去了新加坡，她要回来住了。

我很高兴，说："以后我可以常去看你了。"

春节之前，我去了她在上海的新家。我们坐在窗口说话，暖冬的太阳很舒服，是我记忆里熟悉的冬天的阳光。那个情景，让我想起上学的时候，坐在暖洋洋的教室里听她讲课的情形，也是这样黄黄的光线，空气里有微尘飞舞，心里很暖，有被拥抱着的感觉。

走的时候，她轻轻揽着我的肩，执意把我送到车站。我的肩上，停留着她的温度，依然是少女时候的记忆，那时，我是那样地渴望她的温度，而现在，也许到了应该我给她温度的时候了。我也轻轻挽了她的臂，我感觉到她厚衣服里的手臂是那样的瘦弱。

此后很久都没有她的消息，是我太忙了，忙到疏于问候其实一直是在想念着的人。当我想起去看她，已经是半年以后的事了。可我，却永远找不到她了。

她去世的消息只有很少人知道。这是她的心愿，弥留的日子里，她瞒住了很多关心她的人。我知道的时候，她所有的气息早已在这个世界上消失殆尽了。那一刻，我没有哭，在以后的几天，却始终摆脱不了梦魇的感觉，许多许多复杂的情感糅杂在一起，让我无所适从。我只是清楚地知道，我永远地埋葬了让自己表达的机会，那本书，那本关于她的书，从此失去了它一直期待的读者。而现在的我，是再也不可能那样虔诚地去爱一个长者了，更不可能有一个人像她那样长久地照耀我。我埋藏了那本书，也埋藏了长大的自己。

殷健灵，《新民晚报》主任编辑，作家。

妈妈，中秋节快到的时候，你问我过节会不会吃月饼，我说自己本不喜爱月饼，于是也无所谓。然后你就很放心很放心了。这是不是意味着，我从当初那个稚气的、永远长不大的孩子变成了一个懂得体贴、安慰与承受的人，我可以让你不那么担心了。这让我觉得很幸福。

——fishzzm

爷爷的西窗

吕　玫

记得初中时回到扬州老家的那个下午。

已近黄昏，一条斑驳墙壁的小巷里，两扇年代久远的木门之后，是一重重的庭院，两树芭蕉下几只母鸡作闲庭信步，爷爷奶奶正坐在红木椅子上喝着茶吃着大麒麟阁的蛤蟆酥，他们是老扬州人，保持着吃"下午"的习惯。

我的爷爷有妻妾三人，原配生下一个女儿就去世了，我奶奶算是续弦，一共为我爷爷生了九个孩子，其中两个小女儿夭折了，爷爷在外面娶的妾也为他生了两个儿子，解放后根据法律离了婚，但据说爷爷一直照顾她的生活，离而不弃。

多年来开枝散叶，我们家在扬州算是一个大家庭，爷爷最喜欢的是我爸爸，却一直不在身边，还在异乡成了家，当我们决定回到故乡去定居的时候，爷爷自然是欣喜的，但在那个年代，没有所谓的商品房，所以我和姐姐挤进了奶奶的房间，爸爸妈妈把堂前隔了一半做卧室，爷爷则住进了不到五平米的西厢房。

庭院重重的风景看不见了，闲散的母鸡们进了我们的肚皮，然后因为后院成了洗澡间也就再也不养鸡了，宽敞的堂前变成了小小的餐厅和小小的卧室，有着晚清风格的小院落变成了八十年代特有的居家风格，晴朗的日子，院子里总是晾满了衣服，取代了诗情画意迎风摇动的芭蕉。

我不知道爷爷会更喜欢哪一种晚年生活，是拥挤逼仄人头攒动的，还是宽敞随意但略带寂寞的。又或者，作为一个老人一个父亲，他根本没有第二个选择，儿子回家了，带回了儿媳和两个孙女，他便打开家门，欢迎孩子们回家。

那时候我住在奶奶的房间里，花窗外面是爷爷的小厢房，爷爷中午喜欢听广播，播的是扬州评话，年轻时做老板的爷爷喜欢听书，现在戏园子没有了，老朋友也散了，听听收音机算是唯一的爱好了。我也爱听，总是隔着窗子听《隋唐演义》、《皮五辣子》。后来爷爷不听了，我还遗憾了好一阵子。到我成家之后和妈妈的闲聊中才知道，原来是妈妈怕我听那些闲书影响了学习，才跟爷爷商量，请他戒了这个爱好。

我上初中的时候，父亲因为工作关系经常不在家，我学会了骑自行车上学，因为是外地转学去的，总会莫名其妙地被一些孩子欺负，所以自行车的车胎经常会被扎破，为我补车胎的都是爷爷，“补一次车胎要五毛钱，我也不要你的钱，以后等你工作了，买包大前门给我抽抽就好了。”爷爷总是这样跟我开玩笑。

我倒是当真记住的。到我工作的时候，爷爷已经快九十岁了，妈妈不许我买烟给他，我就请他和奶奶上街吃了煨面。

一碗面，并没有花多少钱，却让他们高兴了很久。

我工作之后家里的经济也宽松了一些，我们对卧室和客厅进行了整修，铺了地砖，吊了天花，爸妈还买了一套六十平米的商品房，再后来，我结了婚，搬去上海买了自己的房子。

当你在成套的房子里可以天天洗澡的时候，回头看看当年住在没有卫生设施的老房子里的生活，就不那么诗情画意了。

下雨天会漏雨，半夜里被雨水打在脸上惊醒，拿一刀卫生纸铺在蚊帐顶上继续睡；下雪天还是得去上公共厕所，我的第一双雪地鞋就是用来穿着上厕所的，防滑。

同样的环境，爷爷奶奶住到老死，一直没有机会改善。

爷爷在世上的最后一个冬天，有天晚上，我站在院子里刷牙，月亮明晃晃地照下来，我看见爷爷的窗开着，便走过去想替他关上，用力推了推，才发现原来窗子变形，关不上了，再看，玻璃不知什么时候也破了一块，关上也无益。

那年冬天，姐姐怀孕，爸妈还没退休，我正忙着换新工作，大家都忙，但修一下窗子的时间并不是没有，可就这么忘了。

十二月初的一个早晨，天寒地冻，八点了，爷爷还没有起床，爸爸去叫门，没有反应，破门而入，爷爷已经没有知觉了。

这之后差不多一个月的时间，爷爷一直昏迷在病床上，子女轮流照顾，都算是尽了孝。据说那个冬天，因为气温跌宕起伏，所以老天收走了不少老人，爷爷的身体硬朗，原以为活到一百岁没有问题，结果也还是就那么一句话没留下就走了。

爷爷走后，奶奶的脑子没多久就糊涂了，医生说是老年痴呆，不过奶奶还是认得我们，只是无法料理自己的生活了，我想这不是病，而是一下子失去了陪伴自己六十多年的老伴之后，她崩溃了。

不到三年，奶奶在睡梦中去世了，很安详。

后来好多个夜晚，我都梦见爷爷，还是那样硬朗矍铄，穿着藏蓝色的中山装，带着灰呢的鸭舌帽，嘴角叼着一支烟，已经熄了火，自己还不知道。身边总是陪着奶奶，她也还是清爽利落的样子，就像我刚搬回家时的情景。

如果那年冬天，我们及时修理了爷爷的西窗，爷爷和奶奶也还是会有离开的一天，但是不是就可以等到姐姐的孩子出世？是不是就可以等到我结婚呢？

没有几年，我的经济情况就好了很多，也许，他们的人生就可以画上一个温暖舒适的句号了，只可惜，人生不是小说，你没有办法修改已经发生的桥段。

吕玫，上海市作家协会会员。国际茶文化研究会会员。

摄影：步行者

一直想给身后仅半步之遥的父母一个真切的拥抱，却一直未给。一次细心的发现，回程的车上，车窗外他们拼命微笑挥手，叮嘱照顾好自己。那一刻，心痛的无法呼吸，我努力平复心情，给他们我灿烂的笑容。忽然间，就想再回小时候，永远陪在他们身边。

——我是丽丽

一生的偏爱

安　宁

1

十七岁那年，他开始宠爱我，近乎讨好般地爱着；而我，也从那时，开始恨他，近乎固执地恨着。

那一年姐姐考入了上海的一所名牌大学，但高额的学费，却让他一筹莫展。记得那天他四处借钱回来，看见我又在纸上乱涂乱画，还将一面墙自以为是地涂得乱七八糟，本就心情烦闷的他，即刻就火了，高声冲我嚷：你要真是天才，怎么成绩考倒数?！学习那么差，还搞这些没用的东西，要不想学习就别上了，反正明年也考不上，白白浪费一年的学费！

我从来没有见他对我那样凶，尽管三个孩子中，他对于我的不成器，的确是头疼。相比于学习一路优异的姐姐和弟弟，他对我，向来没有好脸色，但不过是恨铁不成钢的抱怨，并没有这样大声地吼。而那一天，他眼中积聚的愤怒，几乎让我觉得恐惧；甚至，他还随手拿起一旁的茶杯，啪地朝我砸过来，我下意识地一偏头，茶杯擦着我的左肩飞过去，砰地落在我刚刚画好的一朵花的素描上，碎片四溅，茶叶横飞，我的心，也在那一刻，与纸上的花一样，倏地裂开了长长的伤痕。

这样突如其来的场面，除了他和我，没有第二个人看到。片刻的沉默之后，我极其冷静地将那些棱角尖锐的碎瓷，一一拿开，又很仔细地抖去画上的水滴，而后转身昂头走向自己的房间。而他，似乎慌了，急忙追过来，试图解释什么，我却是只用一句话，就将他堵在了门口。我说:好，我同意退学，将学费转给姐姐。

2

像是一个秘密，我和他，对谁都没有提起。我的退学，在困顿的家境面前，像是一件再自然不过的事。就如习惯了我的逃学打架、挑剔吃穿、张扬得意一样，姐姐与弟弟，只是稍稍愧疚了几天，便又安心地念他们的书。母亲亦是叹口气，安慰我两句，就忙着给姐姐准备离家的行李。

我在暑假结束的前一天，骑车到学校去，把所有的书本都搬回来，统统卖掉。但还是留下了厚厚的素描本，那是一个无人知晓的梦，我用了两年的时间，一点点地画着，以为这个黑白两色的梦，会在最后一年里，开出绚烂的花朵，却不曾想，在我奋力前奔的时候，他却只用一杯隔夜的茶水，便浇灭了我用力呵护的一点火花。那个暑假开始的时候，我曾写日记告诉自己，一定要考入北京的美院，将我素常习惯了的白眼和讽刺，像削一支素描笔一样，削出圆润光滑的模样。而那个暑假结束的时候，我则在心里，为自己所有无法实现的斑斓梦想，画了一个粗重的句号。

之后我便去了省城打工，做各种各样的工作，理发，卖报，洗碗，护工。我将挣到的钱，只留很少的一部分吃饭，其余全部寄回家去。并不是真心实意地要帮家里减轻负担，只是炫耀一般，想要向他证明些什么。证明什么呢？我自己也说不清楚，但却知道，我挣到的钱越多，在他的心里，我留下的痕迹，也必是越重。而还有什么，能比让他感觉到我潜滋暗长的力量，更让我开心的呢？

3

家里每一个人，都明显地感觉到他对我的态度，发生了急剧的变化。有什么好吃的，他首先想到的是给我留着。尽管他明明知道我不爱吃甜食，但还是将一份细巧的小点心，留到我冷冷看过了，又丢一句恶评，这才放心拿给别人去吃。他给姐姐买的一双鞋子，我稍稍流露出点滴的喜欢，他立刻便发了命令，让姐姐转让给我。弟弟凭借考试辛苦挣来的录音机，我拿去听了一次，他便自作主张，将一盘我喜欢的磁带，连同录音机，悄无声息地放进我的抽屉。我偶尔抱怨一句母亲做的菜不好吃，他当下便会朝母亲发脾气，说她不懂得体贴孩子。母亲受不住他这样的变化，便与他争吵，说这样纵容孩子，早晚会自讨苦吃。他并不听，照例像看护幼苗一样，小心翼翼地护佑着我，一声咳嗽，一丝厌烦，一句牢骚，他都能即刻清晰地觉察到，且很快地作出反应，用尽所有的方式，来将我的不快，迅速地祛除。

他这样一味地讨好我，连伤害了姐姐与弟弟都不在意。曾经一度，弟弟为了逃避他在饭桌上起劲为我夹菜的温柔，借故住校，连周末都不回来。而姐姐，也在他几次强迫她出让自己最喜欢的衣裙后，开始对他冷淡，看他当面夸我，即刻转身，给他一个冷冰冰的背影。

他几乎被所有人冷落。当然更包括我。他以为所付出的，会换回我的原谅，不曾想，我对他的恨，却像那背阴山坡上的青苔，无声无息地，便爬满了每一个角落。

4

姐姐读大四那一年，我没与他商量，便飞去了上海。还没有出站，便远远看见姐姐打了伞，在雨中焦急地张望着。我猜想定是他打电话让姐姐来接我，正暗自得意着，却瞥见姐姐的身旁，一个瘦高个子的男生，一脸疼惜地用手帮她拭着额前的雨水，眼底的柔情和温暖，让许久没有人来爱的我，突然地心底生出嫉妒的火焰。我别过脸去，鱼一样泅过如潮的人群和他们散乱的视线，在一个拐角处，回头看一眼他们打湿的脊背，这才长吁一口气，翘起唇角，笑了。

几天后，我投奔的那个邻镇的女孩，找到我上班的车间，劈头便问：你不会是逃出来的吧，你不知道你父亲为了找你，快把县城所有在上海工作的人都问遍了，怕是再没有你的消息，他就要跑到上海来贴寻人启事了，听说为这你姐姐被他训得每天以泪洗面呢……

我并没有在这个女孩的劝说里,立刻打电话回家,而是趁了周末,去找了姐姐。在我曾经向往过无数次的大学校园里,游逛了足足有一个小时,这才漫不经心地对身后的姐姐说,大学,原来也不过如此。姐姐假装没有听见,转过身去看对面牵手走过的一对对情侣,但我还是瞥见,她的眼圈,红了。走的时候在大学门口等公交,很多的大学生,自觉地排着队,而我,却是毫不客气地,插在了最前面;车停下的时候,我没有回头,却是听见姐姐在后面喊:小蒙,记得给爸常写信,有事就跟我说,爸特意叮嘱我好好照顾你的。

我当然不肯写信回去,电话,也很少打,姐姐,亦是不愿去麻烦。很快,因为孤单,我谈了恋爱。是个与我一样,并不安心打工生活的男孩,只是一日日地在繁华里寂寞地混着,对待任何事情,都不专心;当然,也包括爱情。半年里,他不仅花光了自己所有的积蓄,而且赖在我的身边,骗吃骗喝。当我发现自己几乎甩不掉他的时候,这才慌了,跑去找姐姐。

那时姐姐正忙着找工作,无暇顾及我。受了冷落,我只有朝母亲抱怨,被他无意中听到,很快地便打电话来,将忙得焦头烂额的姐姐痛骂一顿,说她只顾得自己,妹妹被人欺负了,还冷眼旁观。姐姐那时正为留在上海还是跟随男友南下,徘徊不定,被他这样一通抱怨,毅然地便丢下一句给他,说,我很快便会离开上海了,小蒙,她该是独立生活的时候了。

5

一向对他言听计从的姐姐,就这样不顾他的威胁和母亲苦苦的哀求，义无反顾地远离了上海，南下去她并不喜欢的一个城市。而那时的弟弟，也对他背叛，私自填报了北京的大学，而不是像他所希望的那样，留在省城；只因为在高考的前一天，他为弟弟翻乱了我的抽屉而大发了一顿脾气。他就这样在一次次争吵里，将与另外两个孩子的距离，拉得愈来愈远。他本以为，这样的偏爱，会让我的心，离他，近一些，却是没有想到，自始至终，我们还是那样的陌生且疏离。

一个人走南闯北，始终没有遗弃的，便是手中的画笔。闲时，我最喜欢画的，便是花草，那些长在石缝角落里的，连春天都几乎淡忘了的弱小孤寂的生命。只是漫无目的地画，而且画过即丢，甚至做了厕纸，并没有想到可以拿去做些别的什么。直到有一天，市里一家广告公司打电话给我，说，如果愿意，能来我们这里做设计吗？我很诧异，追问之下，那人才告诉我，原来是他将我那些散乱的画一张张收集起来，一家一家地推荐过来，说他的这个小女儿，如何地勤奋，又如何地有设计才华，若不是当年贫困，而今早已是一个画家……直到了这一家，恰遇一个熟人，这才留下了我的材料，且同意我来试用半年……

那果然是一份让我喜欢的工作，漂泊了这么多年，第一次觉得，原来自己和读过大学的姐姐弟弟一样，是个有用的人。不过是两个月，领导便说，这样好的员工，为什么不能尽快结束试用，让她长久地留下来呢？

我领到第一笔全额薪水那天，去商场给母亲买新款的夏衫。走过烟酒专柜时，看到他喜欢喝的一种酒，正搞促销，略略迟疑，便掏钱买了两瓶。拿回家去的时候，他脸上的惊喜与快乐，比任何时候都要丰裕且鲜明。当然是还没有吃完,便喝醉了。母亲扶他进卧室休息,他还絮絮叨叨地说着什么,隔着一扇门,我听见他扑倒在床上的时候,嘟囔一句:再没有人瞧不起我了……

母亲出来的时候,眼睛已是红肿。两个人默默吃了许久,她才叹口气,说,当年他朝你发脾气,其实是因为他借钱时被人笑话,说他没有本事,供不起自己孩子读书,没想到你与他一样倔,说出去的话,便再也抹不下颜面去收回;甚至为此,连你的姐姐和弟弟,都给得罪了。

我转过身去,假装看电视,却还是知道,那些被爱柔软包围的过往,还有一份长达十年的偏爱,早已在心底,肆意成一片汪洋。

安宁,80后知名作家,内蒙古大学艺术学院影视戏剧系副教授。

摄影:赵健

父母,也许是这个世界上我们最应该珍视的人,却往往又最轻而易举地被我们忽视。有谁还记得童年床边母亲低吟的夜曲,有谁会时刻记挂起某个雨天校门口父亲湿漉漉的等候……

——losthaven

心中的纠结

范大宇

白驹过隙，时光荏苒。一转眼，父亲已经去世近五十年了。五十年，半个世纪，可少儿时的一景一幕，仿佛电影胶片，永远定格在我的心底，怎么也挥之不去。

1958 年，我正上小学三年级，一个春天的傍晚，我放学回家，意外地看到了父亲。说意外，因为他远在河北宣化教书，每年只有寒、暑假时才回北京家中，怎么现在突然回家了？我看到父亲一脸的疲惫，他的身边，还有两个陌生的男人。那两个男人冷冷地扫了我一下，吓得我不知所以。母亲对我挥挥手，让我外面玩去。凭我的第六感觉，我知道家中发生了大事。

后来我得知，父亲因被打成“右派分子”，遭开除公职，遣送回京。右派是什么？我不明白，但知道这不是个好名称，随后，我明显感到了来自同学们的冷眼，也感受到家中经济的窘困。父亲当年的工资是一百四十元，属于高薪了，而母亲没有工作。现在，转瞬之间，全家没有了生活来源，只能靠变卖东西度日。我和弟弟的皮袄卖了，父亲的牛皮公文包卖了。母亲的金戒指卖了。记得母亲的一个足金戒指能在银行卖十三元钱。十三元，在当时可以买到一百斤玉米面。

为了生活，父亲开始到处找工作。这其中的曲折艰难我不得而知。我只知道，他在西单商场看过自行车，冬天的时候，他穿着棉大衣，要在室外站一天，回到家中，还瑟瑟发抖。我只知道，每天傍晚，他手捧着一叠《北京晚报》沿街叫卖。卖五十张晚报才能赚到一角钱。一角钱也是钱啊。为了生活，父亲甚至开始捡拾垃圾堆中的废品。一根铁丝、一节铜丝、一块布头、一张纸片，对他来说，都是生活的依靠，都是美好的希望。但我，却对拾破烂这一举动感到无地自容。为了生活，他到处寻亲访友，我曾看到书桌上他与叶圣陶、与他的同学李雪三(时任解放军总后勤部政委)等人的书信往来，字里行间，都是求助。

有一天，我提前放学，回到家，打开院门一看，我愣了。我看到父亲正手握一杆秤，秤里是满满的泥土，他正往一只装着废纸的麻袋里倒。父亲没有想到我会突然回家，看到我，他也愣了，随即脸上现出尴尬的表情。我立即明白，他这是在弄虚作假，是将泥土冒充废纸卖给废品收购站。那一刻，我心中似五味瓶打翻，辛酸、恼怒、怨恨都涌了上来。你——一个人民教师，怎么能干出这样卑鄙下流的勾当？

这和偷窃有什么区别？要知道，一斤废纸才卖区区七分钱呀。七分钱。就能让一个教师不顾人格，沦落到这步，我感到悲哀。父亲的形象在我心目中一落千丈。

那以后，全国进入了三年自然灾害时期。后来听说，全国饿死了几百万人。北京作为首都，每个市民还能享受到每月半斤肉、四两油及每天一斤菜的待遇。可就是这样，人人也都感到饿，几乎家家都是寅吃卯粮，即每月二十五号一发下个月的粮票，就到饭铺找人兑换当月的粮票，以度过二十六至三十号那五天的"缺粮空白期"。

而我家，因为能变卖的东西大多变卖了，坐吃山空，只能靠父亲、母亲打短工维持生活。政治上的压力、经济上的压力，让他们心中的郁闷无处发泄，便出现了互相斗嘴。以往宁静的家庭大吵三六九，小吵天天有。这让我十分头痛。而更让我不能忍受的，是我在政治上的前途，因父亲而受到影响。那时，我已经上了初中，并担任了少先队中队主席。为此，学校的团组织多次希望我能递交入团申请。可我，不敢。我的同学敖俊联悄悄对我说，他因为递交了入团申请，时时受到团组织对他家庭的审查盘问，要他与家庭划清界限。敖俊联的家，只是"小业主"啊，而我，是右派。于是，我将这入团的愿望深深埋入心底。

1962年的初夏，我正在家中准备期末考试。可是父母又吵开了。心烦的我苦恼万分，竟突然在心中升起对父亲无比的恨意：都是你，为什么要与人民为敌？为什么要当右派？为什么要与母亲吵架？好端端的一个家被你弄成这样，害得我们生活穷困，在人前都抬不起头来。你、你、你，你还不如早早没有了好呢。这心中的诅咒刚刚冒出，我就被自己吓了一跳。怎么能诅咒自己的父亲？

7月11日，是个很热的天儿，也是我永远忘不了的一天。那天，我在大街上买了几个香瓜，于傍晚时才回家，刚刚走进胡同，街坊何明久就告诉我："你爸爸病了。"病了，什么病？我急急地三步并作两步往家中赶。待一进我家的独院，就遇到了母亲。她戚戚地说："你爸死了！"啊，死了？我扑到屋中，看到父亲静静地躺在床上，双目紧闭，而眼角有晶莹的泪珠……

我突然感到，父亲的死是与我有关的，是我这张乌鸦嘴，是我前些天的诅咒，让他人在壮年时突然撒手人寰，我一语成谶，我遗恨千古，我后悔莫及。我没有了父亲！看着父亲的遗容，我还是不敢相信，也不愿意他真的死了。可是，这是真的，一个古典文学的高级教师，就这样匆匆走完了他五十五年的生命航程，而我，那年不足十五岁。

第二天，李雪三中将派他的秘书送来了三十元钱，我们靠这三十元发送了父亲。我和弟弟、母亲在表姐的陪同下，到北京三里屯火葬场将父亲火化了，将他的骨灰存放在老山骨灰堂。

那以后，每逢清明、父亲的忌日，我都会悄悄地去老山，站在那一排排静静的骨灰架前，站在父亲的骨灰盒前，默默地哀悼他。自己也老是自责：唉，如果我那天不诅咒父亲，父亲也许就不会死的，都是我不好，都是我不好。

"文革"爆发后，全国兴起抄家，甚至兴起刨祖坟的风气。作为一个右派的后代，我知道厄运随时可能光临到我的家。更害怕红卫兵们会跑到老山，将父亲的骨灰翻出，随意地扬到田野，冲到下水道中，如果那样,我将终生遗憾。为此,我做出了一个决定:将父亲的骨灰取回,埋在家中的院子里,这样,即使红卫兵抄家,抄老山骨灰堂,父亲也能躲过一劫。

从那以后,父亲与我在家中的院子里"朝夕相处",度过了漫漫十几年。

80年代的一天,我突然接到宣化的通知,说父亲平反了。虽然这早已在预料之中,可我还是哭了,我将父亲的骨灰从地下起出,又买回一个漂亮的骨灰盒,将他的遗骸一一存放进去。我对父亲说:"爸爸,你死得太早了,没能等到这一天啊!"

我赶到宣化,从学校领导那儿拿到了一张薄薄的平反通知及二百多元抚恤金。二百多元,是对他含冤二十二年的补偿。可是我们已经很满足了,我们,终于可以扬起头做人了。

后来,我读到很多有关右派的资料,读了尤凤伟的《中国1957》一书后,我才知道,那五十五万名右派几乎都是中国知识分子中的精英。他们在重重压力之下,扭曲了人格,不得不委曲求全,做出人们不能想像,不敢想像的事来。我也对当年父亲往废纸中掺泥土的举动有了深层次的了解。他,作为一个父亲,一个丈夫,他要维持全家的生活、生命,一切能让他赚到钱的举措他都要做的。我只是不解,他为什么还要用秤来称那些泥土,难道他是在暗暗记账,想在日后经济好转时一一归还那贪占的便宜?可怜!可悲!可叹!

2005年,几经周折,我终于将父亲、母亲的骨灰安葬在八达岭陵园,他们终于可以永久安心长眠了。那一天,我抚摸着光滑的大理石墓碑,对父亲说:"爸爸,四十三年前,我少不更事,在心中诅咒过您。

您老能原谅我吗?”虽然父亲不可能作答,可我仿佛听到冥冥之中父亲的声音:“儿子,我不怪你!”

是呀,我们都不应该互相责怪。我们家的悲剧是整个中国一个特殊时代的悲剧,是一个将人们心灵扭曲的时代造成的。只是,只是——

2011 年 8 月,我应邀参加一家杂志社的笔会,我之所以要参加,是因为笔会是在宣化召开,那是我生命轨迹中不能绕开的一个点。欢迎宴会上,我说到了宣化与我的情结,没想到,宣化文联主席周贵亮听到此,“呼”地站起说:“呀,我也是宣化师范学院毕业的,我是您家老爷子的学生啊!”于是,我们连干三大杯酒,当烈酒浇下肚中时,我感叹:时光如果真能穿越多好,那我就能在这儿与父亲相见。历史如果能够重写多好,我们一定不会再让悲剧重演!

人们,记住吧!我们的幸福生活真的来之不易!

范大宇,《民间文学》杂志副主编,中国故事委员会副主任,“山花奖”获得者。

当父母将我们抚养长大时的欣喜,变成了我们赡养的责任;当父母一步步教会我们生活的感动,变成了我们一点点教会他们生活的负担;当父母不辞辛劳地照顾生病的我们,变成了我们不情不愿地照顾年老的他们,这样的亲情还是我们想要或者说想一直追求的吗?当爱越走越远,当心越走越远的时候,我们该何去何从?

——长夜碎羽

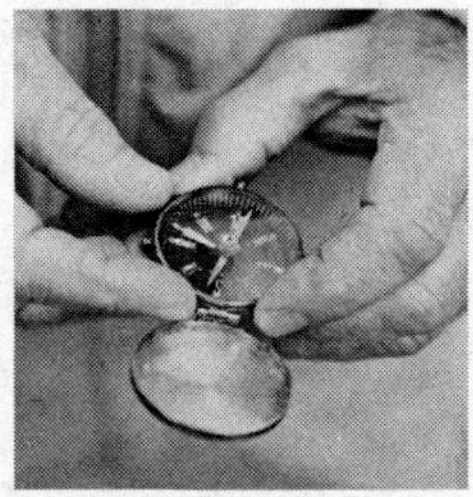

爷爷，你走好

林　岚

这篇小文是写给你的，爷爷。

一直说要写一点文字，有关你。早在多年前，在希莎和我初约定写一本有关人生有关生命有关感悟的小书的时候，就这么盘算过。

我想写你。对于我，1904年出生的你，无疑就是一部近代史，并且就像任何一部历史那样，一样厚重，一样值得尊敬。

我想让你看到我写你的文字。我想你一定会高兴。尽管每一次我把发表了的作品寄你，你不管我写的是什么，也不管你从中都看到了些什么或没看到些什么，你都一样喜欢，一样高兴。但是我想如果你看到一篇我纯粹写你的作品，你一定会有另外一份高兴。

可我终究没能写。我只是郑重地拟下了一个题目,《爷爷,你好》,却没有完成它。我觉得你的一生太过丰富,轻易地写是一种亵渎。

一个走过辛亥革命、"五·四"运动、抗日战争、解放战争、十年文革,几乎与世纪同龄的老人;一个身跨两党,1927 年 4·12 前后追随周恩来在上海工作,后又官至国民党浙东行署秘书长、浙江省党部委员、国大代表,新中国成立后又两度蒙冤入狱前后长达十年的老人,你的经历充满传奇,吸引着我,更让我看得眼花缭乱。

我于是就一直想找个宽裕的时间,好好地写你,从容地写你。可是岁月匆促,世事纷繁。我还没有找到一个适当的机会来把梦想付诸于行动,我们就错失在了时间的黑洞里。

今天,当我真的提笔,来完成这样一个自己心中的承诺时,我们中间隔着的已不仅仅是匆匆流逝一去不返的时光。

爷爷,你已经看不到了。你不仅再也看不到那篇我一直没能写成的《爷爷,你好》,你也再看不到这篇我颤抖着多加了一个字的,《爷爷,你走好》。

你走了,在新年的第一个夜晚,1995 年的元旦之夜。

这一夜,就成了这一个冬季里最冷的一夜。

这一夜,你走了。

九十二岁,高龄。人人都说这是喜丧,可对我这不仅是无可弥补的失落,更是久远的痛悔。

你走的时候我不在你的身边。我在上海,在阴冷的朝北小屋里,点着 400 W 的电热取暖器,坐在电脑前匆匆忙忙地键入一行行文字,不要命样地赶在规定的时限里完成我对别人的承诺。

一天两个长途,是我对你情况的全部了解。

这天的开端非常好。堂妹晓方在上午的第一个长途里对我说,你早餐吃了粥和饼干,体温正常,胃口好,精神也爽利,当护士为你量完体温,你还连连向她道谢,完全没有了两天前因痰堵在肺里吸不出来导致心肺衰竭而不得不实施紧急抢救的骇人场面。

我听得非常放心。我笑着要她转告你,一俟我手中的事打断,我就直奔杭州。我甚至还调皮地说:你让爷爷挺住,等我来陪他过年。当时我是真的下了决心,这个寒假守着你过。我想,我们终于可以有一段比较宽裕的时间了。

我很乐观。爷爷,你是要活一百岁的,对此我有无比的信心。

你一向淡泊达观,心智活泼,身体硬朗,绝少生病。在我记忆里,你只住过两次医院。一次是 1989 年夏,你第一次得肺炎;另一次是 1994 年夏,也是肺炎。两次都恢复得很快,也没出现什么紧急情况。第一次出院后你还每周两次去省政协、一次去文史馆工作、参政。这一次住院是第三次,还是肺炎。

虽然这一次和第二次之间只间隔半年;虽然因你年事已高,医院要求家属陪夜;虽然两天前有过一次抢救,医院为此发出了病危通知,我的父母也为此连夜赶到了你身边,但我们都对你的生命力深信不疑。我们只是以为你要在医院里多住些日子,父辈们甚至已经排定轮流驻守杭州照看你的日期和次序,却绝没有想到你会就此出不了医院。

只是,这一次我们都错了。你没能挺住。你没有等到我来和你一起过年。

上午 10 点你开始昏迷。

晚上 8 点 50 分,你的呼吸先停止了。

晚上 9 点,你的心脏停止了跳动。

你走了。

深夜 11 点,晓方的声音穿越在沪杭的长途里,低沉,不带表情,只裹着凄清冬夜的寒气撞击着我的耳膜,冰冻着我的心。

她向我详细地复述着你的最后一刻。她说唯一可以欣慰的是你走的时候并不寂寞,你的身边有你全部的第二代,你的三子一女,你的两房儿媳;也有你的第三代,晓方和青青,你最小的孙女和孙子。

我知道她说这话并不是要怪我当时的不在,可我的全部控制力却都在这句话里溃不成军。泪水汹涌而下,我在长途的这一端失声痛哭,急得她在那头一迭声地叫“节哀”。

我挂断了长途。我无法节哀。我的心里对自己充满了痛恨。

我并不是没有机会赶去见你老人家最后一面的。如果,在得到医院为你发出病危通知的消息的当晚,我就随父母一起赶赴杭州,那么我不仅能见上你最后一面,还能侍奉你两天,就像半年前的夏天你入院时那样。

我没有这样做。我选择了不走。我对别人的承诺束缚着我,我只能留下来,每天除了上班就是连续几个小时地盯在电脑前,赶出五、六千字的文稿。我只能强抑着我的焦虑,一面努力集中心思工作,一面暗自祈祷你没事,祈祷你能再一次逢凶化吉。

那晚,父母临走前,我同他们约定,保持联络,一旦情况恶化就立刻通知我。他们是午夜12点赶到你病床边的，父亲给我的第一个长途是凌晨5点，这个长途让我十分振奋。他说你已脱离危险，堵在肺里的痰已排出，情况良好。我们于是都很安慰。我们以为最危险的阶段已经过去，我们以为从此就是柳暗花明。

可事实是你的良好情况只持续了一天半。这一天半里你确实良好。思路清晰，声音洪亮，一如往常，连体温都恢复了正常。可是你就这样突然地陷入了昏迷，再没有醒来。

你走了，没有留下任何话就走了。我们没有想到你会走得这样迅疾，你大概也没有想到。只是，我想即便你预感到了，你也依旧会走得默默，走得镇定。

你乐于悄悄地走，因为对于你的一生，你早就觉得没有必要多说什么。

你曾经一再拒绝别人请你写自传的提议，也不理会我要为你整理回忆录的美好愿望。直到1993年的中秋节，全家聚集杭州为你庆贺九十大寿，你才松了口。那是一次难得的大团圆，你兴致盎然，我便趁机央求你给我说说历史，好让我弥补一些我知识储备的不足。你敌不过我这样的请求，外加全体在场的儿孙辈对我的一致声援，只好答应了我。可你洞悉我还有我的小九九，所以你只是答应给我讲讲历史，以一个亲历者的身份，讲讲你所知道的历史。

你答应了我，可我没有把握住机会。现在，我再也不可能听你讲你眼中的历史了。也许，这更符合你本来的心愿。

你总是说过去的事情就让它过去好了，没有必要再重提。历史应该是什么样，最终就还会是什么样，提与不提都不会改变什么。

可我知道你并不是不在意你的历史，不在意你生命中曾有过的辉煌曾遭受过的屈辱，否则你就不会在你的“历史问题”最终得到澄清的时候，那样认真地把浙江省高级人民法院有关撤销1952年对你定罪为反革命的判决、为你彻底平反的判决书复印四份，快件分寄四个儿女。你是在意的。你在意你一生到底走过的是一条怎样的道路，但你并不想以此炫耀今日，无论是曾经的辉煌还是曾经的屈辱。你宁可缄默。这缄默里既有“好汉不提当年勇”的豪迈，又有“荣辱皆为身外物”的豁达。

坎坎坷坷沉沉浮浮的一生使你早就参透了“风流不在谈锋胜，袖手无言味最长”的禅机，面对几十年的荣荣辱辱，你自信你是“一片冰心在玉壶”，你也就因此总是从容总是坦荡。

你就这样走了。虽然对于我们，你走得有些匆忙，但我相信恰恰是这种匆忙使你欣慰。

你一生不爱求人，生怕麻烦了别人，即便麻烦的是自己的子女，你也不安心。

从1951年蒙冤入狱到1984年初步平反，你一直被不公正地剥夺了工作的权利。没有工作，自然也就没有了养家糊口的工资。于是三十年来全部的生活来源依赖的是四个子女每月轮流寄给你的区区三十元的生活费。赡养父母，当是做子女的本分，可你却总好像受之不安。于是，你一获得重新工作的机会，就忙不迭地写信给子女，告诉他们不必再每月寄钱给你。你说你有能力自己养活自己和奶奶了。

自己养活自己，你把这一点看得很重。你不仅是体谅小辈，怕他们负担过重,你更是太自尊。我不是男人,我更不是你那样年代成长起来的你这样的男人,但我想我可以懂你。

因为这份自尊,你就特别不喜我们寄钱给你。记得我大学毕业那年,我拿到第一个月的工资后,寄了一半给你。你来信嘉许我孝敬老人是懂事,却又慎重叮嘱我以后切切不可再寄钱给你。你反复向我强调你现在的日子已经很好了,有足够的钱解决温饱,经济上不需要支援。你说我与其寄钱给你,不如用这钱买火车票多几次到杭州看你。

爷爷,我懂你,可在这件事上我还是常常违拗了你。逢年过节的,我还是时常要寄钱给你。因为我无法满足你的愿望,不能多几次地到杭州看你,那么寄一小笔钱、拍一份礼仪电报、汇钱给你装煤气,都不过是一点聊胜于无的孝心罢了。不能在你身边实实在在地侍奉你,就只好做一点这样举手之劳的努力。其实,从上海到杭州,那时最快的车次只需三个半小时。我想多年来我在别处浪费掉的时间绝对不止三个半小时,而我却总是借口一个“忙”字,不能常常去看你。直到这最后一次,依然如此。

你是希望能常常看到我们的,可那年夏天,当你得肺炎住院,我们真的纷纷赶来看你时,你却又责怪和你生活在一起的小叔,不该惊动大家。你只想让我们看到健康的你,你不希望我们为你操心,更不希望因为你生病而拖累我们。

你总是这样,为别人考虑得多,为自己考虑得少。记得那年夏天我看护你时,医生给你挂水治疗,左手打肿了,要换右手,你执意不肯。你怕换了右手打吊针行动不便,你就无法自己使用尿壶。你觉得让我这样一个还没出阁的女孩子伺候你方便万万不妥。在这种地方你有你可爱的固执。

那时,你常常对我说,生和死你都无所谓了。你说你已经活得太久了,是谓老得可怕。只是,你说你是一棵大树,我们都是你的枝叶,所以你不能倒。你说只要你在,我们就都会聚集在你的周围,你要为我们再好好活下去。

于是,你成了个模范病人,与医生与护士与照料你的每一个人都充分合作。那段时间因为持续高温,也因为身体不适,你的胃口一直不好。平时在家吃一小碗饭都要花一个小时的时间,你说你是凭意志进食。可在医院里你却尽量大口尽量快速地吞咽着每一顿淡而无味的稀饭。你是希望早日出院,早日解除我们的担忧,早日解除我们的负担。

只是,每当我看到你这样大口地进食,我都忍不住要落泪。你在努力地挑战生命,努力活下去,不是为自己而是为我们。

这次,我事后才知道,实际上就在你昏迷前,在你神志清醒的时候,你曾问起我。父亲回说我很好,想来看你,可就是在赶稿子,一时半刻脱不了身。

你哦了一声,你说,叫她不要来,她在做正经事。你反过来叮嘱父亲要他回沪后关照我多休息,不要总是熬夜写东西。这一点你在给我的信上也曾反复强调。你要我不要拼得太厉害。但在给我父母的信上,你却是一再要他们多多支持我。你认为我在做一件有意义的事,一件比升官发财晋职都更有意义的事。

说实在的,我不认为你能在我寄给你的那些作品里看出什么特别的意义来。毕竟我们是不同时代的人,我所想表达的也许并非是你所理解的,而你所理解的也许也并不是我所要表达的。更何况我也还没有具备把每一篇东西都写出一点独特意义来的功力。

只是,你宽容我。我写的东西究竟有没有意义、究竟是不是你所喜欢的,你并不十分在意,你看重的是我的这份努力,这份执著。你欣喜的是我有一种努力超越生活的追求,而不是这种追求的结果,甚而无关任何一篇作品。

你有八个第三代子裔,这八个隔代人几乎个个都在你身边生活过一段日子,其中我待的时间最短,只有三个月。可我总觉得我们的感情很特别。彼此的关注最多,特别是我投入地开始写作以后,你对我的关注就更多了。

我一直以为联结我们的这份爱,不是源自于那段短短的共同生活,而是纯粹属于精神。至少我对你的爱与尊敬是超越单纯的亲情的。我一直以你为荣,为你所走过的漫长岁月和这漫长岁月中你所表现出来的高洁气度而骄傲。我因而也渴望你能以我为荣。

我总是不厌其烦地把每一次发表的作品都寄给你读。我寻求的不是你的赞扬,而是你的欣慰。爷爷,你可知道,我的努力里有一半是为了你,我要让你为我骄傲。

可事实证明我“拼”得还不够。我觉得我还没有做到足够让你骄傲的程度,你就走了。我曾以为我会有足够的时间,从容地做我想做的事。可命运总是给我们留下不可追悔的错失和遗憾。我们不仅再不能从容地去完成我们曾经想一同做的事,我们甚至都没能从容地见上一面。这样的痛悔一定要用生死相隔来昭示,代价实在太大。

只是,不管我的痛有多么真,我的悔有多么深,如果再给我一次机会,我还会这样选择。我还会选择留下,还会选择对人守诺。我相信这也是你所希望的我的选择。

长歌当哭,当是在痛定之后。只是在你走了多年之后,我依旧是提笔重千斤,依旧是不能写。

世上凡是我们爱之入骨的,无论是人还是事,都是无法准确地形诸于笔墨的。文字和语言总是苍白。

我只能一再地祈祷:爷爷,你走好。

从此,阴阳界边,奈何桥畔,纵然是人鬼情不了,又怎堪这生死两茫茫的无奈。

爷爷,你慢慢走,你走好!

林岚,作家,出版人。

当你回家发现无人时，菜却余温尚存，好像用秒表算过时间一般，不差分毫。试想，从百忙之中抽出时间，买菜做饭，以及计算好你回来的时间，而后又匆匆回去上班。完成这一切，是多么精妙的计算。而你看到的却只是诱人的饭菜和他们留下的只字片语：加班，饭菜已做好。你一个人吃饭吧。这便是爱，你读懂了吗？

——言泽

那张照片在哪里

龚　静

一个梦:山路,崎岖,台阶层层,恐龙追赶,忽然见眼前有一城堡,奔入,楼上竟坐着外婆,在纺织,见我来,起身带我到封闭的天台,透窗环视,山峦起伏,壮观安全。我说恐龙是从地底下追赶的,也许现在还在门口,外婆想了想,说有很多门。此时梦醒。思量,是不安全感?还是外婆在那个世界想念我,或者她在那里很孤单?

——这是2010年10月26日晚的梦,翌日晨起所记。

前晚梦见外婆,见她在一木板平台一头,伸进平台前的某洞穴鼓捣,原来在里面炒大白菜,一片片,没有切过,怎么可能?平台另首还有木板,似搁有油盐猪油类。叫她,她露出脸来,抬首一笑,笑得我顿时泪奔泪流，几乎窒息，惊醒，窒息感犹在，泪滴犹在，本疼痛的颈肩和心率失常的心脏，似一时难以承受，一口一口地舒气。

——这是2010年12月10日的梦，12日补记。

两个梦的时间段内，正是近一年身体状态不佳的开始，旧患发作，曾经有效的药物失灵；兼之新恙缠之不去，医生也说不出个所以然；母亲手术出院不久，等等其他，身心焦虑时时袭来，隔三差五地要靠安定入睡，夜梦也是必然，只是其他的梦都漫漶不清了，唯有两次梦见外婆却是分外清晰，清晰如现实。尤其外婆的笑脸，一如她生前的样子，连左眼太阳穴处的神经性颤动已然如昨。

外婆走的时候很平静，因为弥留之际她已失语，犹如燃没的灯芯草，自然而然地暗了。那是1996年5月21日，初夏，外婆八十岁。很多人说外婆是有福气的，生前还抱过了重外孙女。

已经很多年过去了。几乎每年的清明我们都会去墓地看外婆的，擦擦照片上的灰尘，那张照片还是母亲在外婆的左眼神经尚未变异前拍的，之后因左眼视神经萎缩，双眼大小不同了，平日里左眼那里常有神经牵动，我们倒也看习惯了，不觉得什么，古稀之年的外婆仿佛也不觉得什么，不过是脸上多了点动静，当时医生说没啥特效药，也就这么着了。照片上的外婆笑得并不欢畅，好像总是有些愁苦。想想外婆的一生其实很辛苦，出嫁前是家中老大，娘家有几亩地，有一座二进带厢房天井的江南乡下常见的民宅，既是长女，自是能干，种地、晒麦、臼米、煮饭、女红一应俱全。二十岁不到嫁的丈夫是个不管家事的秀才，又早逝，生了一女两子，一子因病夭折，一子无力抚养送育婴堂，只剩下长女相伴。自然辛苦拉扯，做农事之余还进工厂做工，比如竹器厂、毛巾厂等，所以母亲当时放弃大学念了师范学校，原因还在希望早点工作，承担家庭啊。后来母亲做了教师，在城里成了家，接来外婆一起生活，其实外婆也从未轻松过的：菜场、锅台、刷洗、针线、看顾孙辈，成了外婆的日常。

不过，外婆似乎从不以之为苦，她是任劳又任怨的，对我们俩姐弟从来笑眯眯，要是我们哪个调皮惹急了父亲发脾气，外婆总是第一个冲上去“搂在身上”护犊子，尽自己所能照顾我们成长。在那配给供应时代，一个月一个人只有几两肉，买豆腐还要老清早去排队，过年才有冻鸡冻鸭供应。父母的工资一家五口，也时有拮据，外婆却是将一日三餐安排得井井有条，还不断变花样。一块肋条，她会批出一点精肉剁成肉糜，炖蛋或做肉圆烧汤吃；斩下来的小排可以熬汤再红烧，汤里放点土豆或冬瓜又是一个菜。母亲买来肉骨头，外婆用砂锅炖汤，肉骨头酥烂至能嚼碎咽下，非常鲜腻，现在想来当时这样价廉物美的东西如今真是天然的营养品哩。开春了，外婆会回乡下老房子后园的竹林挖竹笋，在老房子前的自留地里摘蚕豆，回到城里可以吃好几天，光是竹笋，笋衣笋尖与臭豆腐同炖，鲜香可口；笋的中段用来炒，老一点的则和豆瓣一起做汤，饭桌上颇为丰富。有时过年还有外婆的八宝鸭年度压轴。

春夏秋冬，四季时蔬，还有节气糕点：初夏的草头塌饼，端午的粽子，中秋的糖藕，七巧的巧果，腊八的八宝粥，年初一的汤团；盛夏腌酱瓜晒茄干，初冬踏咸菜，平日里一点面粉都可变身葱花饼、手擀面、饺子，还有粒粒脆香的麻雀豆……她总在平日里精打细算地一点点攒下原料，惊喜我们年少的味蕾，也惊喜凡常的日子。从小就帮着外婆打下手,我也学会了做菜煮饭包汤团裹馄饨等许多手工,说起来,日常生活的许多是外婆给我启的蒙,如今回忆起来的种种江南美食,都是外婆当年穿着大襟衣裳在灶头上一样样做出来的,而许多年里还是在煤饼炉子上成就的。

饮食之外另有女红,她会手工裁制中式衣服,用缝纫机踩西式衣服也不错,常有邻居请她做丝绵棉袄、大襟衫,甚至那时邻家姑娘时髦的的确良衬衫也请她裁剪,记得见外婆将布摊在玻璃方桌上,用把老式尺,捏着粉色的划粉划划改改,嘴里不时自言自语若思量,只听切的一声清脆,不犹疑地一刀裁下去。她还会做各式各样的中式盘扣,什么葡萄纽、琵琶纽、蝴蝶纽样样在她那双青筋凹凸的手里玲珑现身,每年春节我的新罩衫上总会有不同花样的盘扣。很多年以后(上世纪九十年代初)那时喜欢穿中装,回家兴起请外婆教盘扣,这时的外婆已七十多了,退出厨房一线,由母亲接替,她一听要学盘扣,笑得盈盈的,仿佛有点不信,又好似有点得意,呵呵,你看我老太太还挺有用。在平日里攒集的零头布盒里翻拣出一块布,缝成细条,用镊子穿来穿去地手把手教,阳光照在她一头花白发上,间或左眼处神经牵动,枯瘦的手却是灵活地使着镊子,若是今天,一定要拍下来啊,当时,就是没想到,也没相机时刻在手。后来我去一些古村落游玩采风,总喜欢拍当地老太太晒菜干刷衣服织网之类的画面,因为每每见之,总是想起外婆,有多少画面已经消失在我眼前了。

盘扣技术我还是没掌握到家,刻印下来的是外婆阳光下专注的神态。可是,今天我想重温这样的场景,却只能在大脑回沟里寻觅,寻来觅去的,毕竟还是一个大概,虽然外婆的样子总在记忆里,可是若要镜头推进，近一点再近一点，皱纹、嘴角，甚至长期神经牵扯的左眼细节，总是无法清晰回放，若是有一张照片该多好啊。

在数码随手拍的当下，留一个影像还是一件事吗？可是，想要看一看外婆的样子，我没有一张照片。甚至，从出生落地到外婆去世，算算有三十一年，竟然没有一张与外婆的合影！

自懂事开始记得外婆的样子仿佛总是那样的，短发，圆领布衫，或灰或藏青的大襟衫，黑毛衣，黑毛线帽子，黑直贡呢鞋，灯芯绒棉鞋，只不过头发由黑变黑白参差而灰白，脸上的肌肉渐次萎缩皱折，看上去老年外婆脸小了一圈，挺直的腰背也弧度起来，可是，再是时光雕刻，记忆里外婆还是外婆的样子啊，仿佛外婆从未年轻过，也从未特别的老过。想起小时候，八支光的灯，搬两只方凳子绷起橡皮筋玩着等父母夜归，外婆则一旁坐着缝补，线断了，线头抿抿嘴润泽一下，重新穿针引线，那时的年龄应该还不到六十的，却是过着过着，外婆就真的成了老外婆。其实，外婆当然也年轻过啊，曾看到一张，大概也是留存下来唯一的一张外婆年轻时的照片，穿着白底碎花的缎子旗袍，那种民国女子秀气含蓄的表情。

可是，没有一张与外婆的合影，没有。

少时，拍照仿佛是件隆重的事情，要到照相馆，穿上好衣裳，挑个好天气，有个好日子，得有个理由，才会去拍照。有一张张标准照留住当年青涩模样，那全拜升学读书之需。至少在我家，没有每年拍全家福的习惯，倒是有和父母弟弟的合影，那是难得去公园，或者参加婚礼时留下的。好像就是没想到外婆，好像外婆嘛，天天在家里，天天见着，没必要一起合个影纪念什么的。记得 1990 年冬某天，韩工给外婆拍过一张照片，他抓住了外婆左眼处神经暂时未牵动的瞬间。可是，今天我翻找过去的影册，找来找去就是找不到这张照片，或者那时给了外婆？也许还在一堆底片里？这是我所有的唯一的一张外婆在家的影像了，却也无法落到实处(希望它还在某个角落等待我再次寻找)。每次回想此景，总问他也问自己：为什么，为什么，当时就没想到与外婆一起拍个照片呢？我没想到，你怎么也没想到啊？是否，潜意识中还是对外婆缺少了珍视？

生命中那么多年与外婆生活在一起，总以为在一起是自然不过的事，尽管知道终点随时降临，可是仿佛一起可以无限绵延，现在，想看一看和外婆在一起的样子却真的成为了永远的不可能，外婆总在梦中出现，好像是老天一次次地显影这张心中的照片。但，没有用的，我还是希望看清外婆的皱纹和笑容啊。

我只有文字了。

2006 年，在韩国梨花女子大学客座任教，孤身异国，常常想起外婆。曾经写了几句散行的文字，起名《想起》，那就留在这里，我想我和外婆终究还能互相看见。

想起

想起寒夜里一双枯瘦的手臂
慢慢地久久地握着微微的体温
厚厚的被褥挡不住无边的冷寂
每当你伸出手，
我却总在别处

想起阳光下一个孤单的背影
静静地守着斑驳的门
喧闹和光亮赶不走弥漫的落寞
每当你远望归雁
我却总是擦身而过

想起你，在异乡
在午夜
裹不住满腔的冷
我终于明白
潸然

写于2011年10月4日

龚静，复旦大学 副教授。作家。

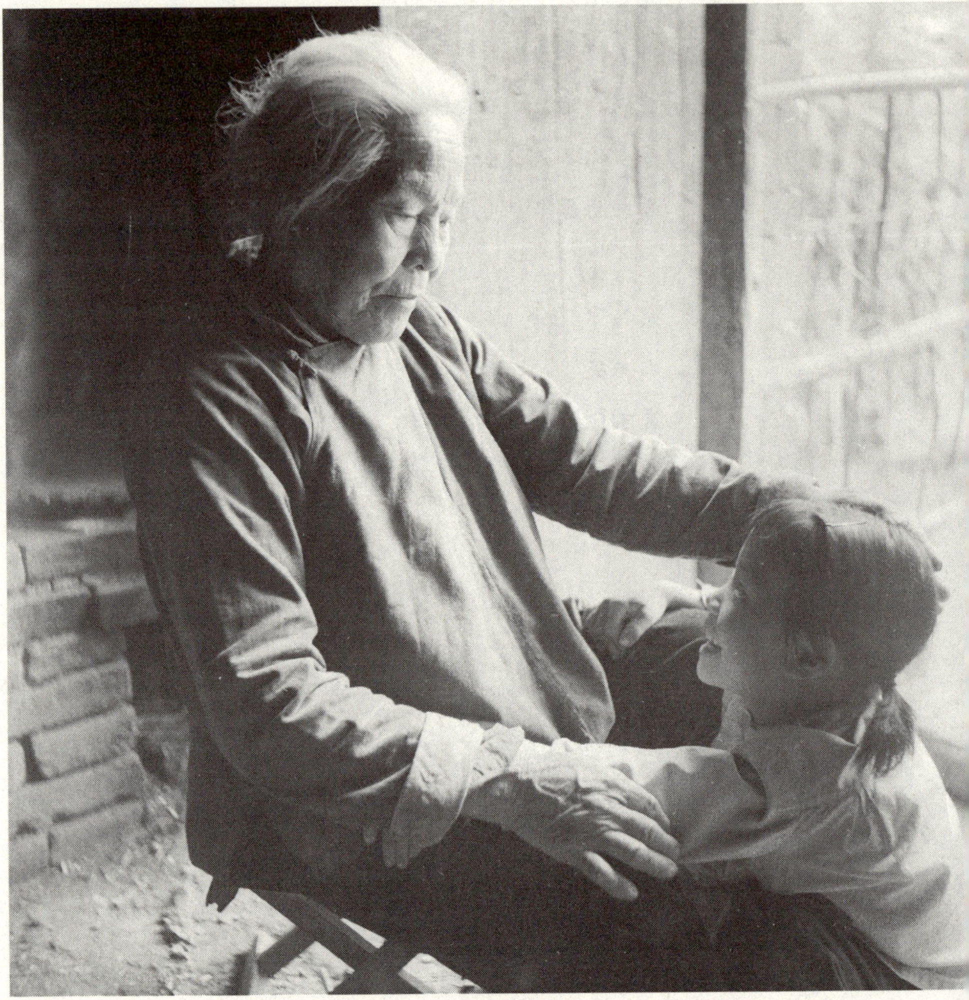

“我都这么大了，你们不用这么照顾我了。”

“哪怕等到你老了，你在我们眼里还是那个小女孩。”

——泡泡

那年的雨季

汪　怡

雨点儿温柔地洒在露染着胭脂色却不觉浓的花瓣上，花雨相媚，木槿仿似美人初醉。

这座最不起眼的小城镇，一下雨，就雾茫茫一片。

我习惯性地穿过街灯下的橱窗，那种落寞的温暖，多年来，从来不曾散去。

不知不觉，走到了街心花园的小池塘边，凉丝丝的雨珠宛若少女的薄唇亲吻着额头。牵动思念的神经一次又一次被撩起。也唯有它懂得我此时的心境，一个劲儿地和着节拍，拍击着路面，绽放的雨花悄悄地溜进了我的记忆深处。

那天,我的成年礼。

孩子大了,想法自然也多起来。不知何时起,每当碰到下雨,我心里就特别堵得慌,恨不得一秒钟内由家里直接转至学校。那天,也不例外。我将早饭风卷残云般一扫而光,挎起书包“嗖”地一下冲出家门。真恨不得将这破包撕得粉碎,也就我爸缝的,说什么花了整整三个不眠之夜用捡来的布料一针一线地亲手缝制——我才不稀罕呢!又臭又脏!

刚刚我看到他又在厨房里为中午的口粮发着愁——锅里只剩一勺的米了。我厌恶地瞪了他一眼,懒得理会他那唯唯诺诺十足个小媳妇儿样子,还用手捂着哭丧的脸,说什么:“哎!都怪我不争气,现在苦了孩子。”他显然没发现我在旁边。我听了冷笑,哼,你也知道啊。

我才不要正眼瞧他,不然会让我觉得恶心。余光里,我看到他将那仅剩的米全都舀了出来,驼着背四处找寻装米的袋子,一股呛鼻的酸楚不禁涌了上来。他将米倒进了不知又是从哪儿捡来的垃圾袋里,抹抹脸上残留的泪痕,那黝黑的双手却又将油渍蹭上了脸颊。

还好我逃得快。

当他走出厨房时,我的影子都没有了。他定会四处找我,布满疑惑不解表情的脸上讲不定又泛起点点晶莹,想想就觉得好笑。

我一面直奔学校,一面时不时地回头看看身后是否有他的影子,在确定他追不上我时,这才停下了急匆匆的步子,大口大口地喘着粗气。

真觉得他烦,说过不要他送,还硬要送,我自己不会走啊!?

幸好他有关节炎，每逢天气潮湿就会不间断地疼痛，这使他不怎么能追上我。我的嘴角莫名地掠过一抹得意的笑。

在雨中，我欢快地奔跑着，好似将所有的年轻都交给了漫天的淋淋漓漓。我顷刻间就像个欢乐的少女放牧着愉快的歌声，旋转的节奏和着青春的节拍。其实我不贪心，我很容易满足，只要不被他追上，不被他陪送着去学校，不被同学看到他那狗刨般的吃相和一身穷酸样儿，不被他用那口口声声唯一的，在我看来却是被缝缝补补了不知多少回的破雨伞来为我进行所谓的遮风挡雨就好。

由于下雨，学校将“成人礼”临时改在阶梯教室举行，并进行各项荣誉的颁奖。当我骄傲的站在领奖台上，众人纷纷投来艳羡的目光，我感到自己犹如一只美丽的孔雀，正一步步实现自身的价值，开创自己靓丽的人生篇章。

但或许只有我自己看得见吧，那一直翻滚在心海深处的黑色漩涡从不曾停息。

“成人礼”尚未结束，老师就匆匆把我唤了出去。刹那间，晴天霹雳，电光石火，意识尚未清醒，一场大雨倾盆而下。

我不顾一切推开老师的劝慰，疯了似的奔入雨中，朝着来时的那条路一路飞奔。两边模糊的景物在迅速倒退，怪物沉重的脚步声也渐渐隐去，身边只剩下雨在穿梭。雨水瞬间填满了那枯竭千年的古井。

风吹得很伤感，倒叙往事，回忆总是彩色的。我透过纯净的雨水，看见雨幕中缓缓走来了一个熟悉的身影，忽远忽近。他牵着一个活蹦乱跳的小女孩儿，将那把打满补丁的雨伞很自然而然地往小女孩儿那边倾斜。小女孩儿在这种庇护下无拘无束地转着圈儿,跳着舞,时而拉着他的手臂摇来晃去,时而娇嗔地倚着他结实的臂膀,嘴里哼着属于这个年龄、这个季节的童谣。小女孩儿说,她最喜欢下雨天,雨点儿滴在屋檐,雨花贴在窗户上,氤氲着水汽,爸爸会陪着她进入甜蜜的梦乡,她喜欢他身上特别的气息。

"哐当"一下子,时光被无情地打碎,碎成一地精美的瓷,伴随着内心里对爸爸温柔的幻想,此刻被摔成一千片一万片零碎的破烂。

淅淅沥沥的雨叠在灰蒙蒙的天幕,沉甸甸的没有一丁点儿生气。通红通红的警灯将路边一片染得血红,刺耳的警鸣划破了雨天的宁静。一个骨瘦嶙峋的男人仰躺在拐角处,路面的坚硬、冰冷,我清清楚楚地感觉得到,殷红的鲜血染上了他那对脆薄的翅翼。

那——是父亲,我看得异常分明。

可是,为什么他一动不动地躺在冰冷的雨水里呢?为什么他的身边围了那么多唏嘘不已和穿着制服的陌生人呢?为什么一辆看起来笨重不堪的摩托车栽倒在他身旁呢?我是白痴吗?语无伦次地问那么多明摆在眼前的为什么,明知道答案却无法让一颗心狠命地接受。

当我无力地挪着步子来到他的身边,身子不禁瘫软下来。三年了,同处一屋檐下,却已有整整三年没有这么近,这么深刻地端详过他的面容了。而此时,他已然尘满面,鬓如霜。尖锐如玻璃碴痛不可挡的伤悲,在我的心里划出了一道道血迹。那把小伞被车轮粗糙地辗过,伞架子支离破碎,最后静静地躺在了他的身旁,它陪伴着老人,让这位操劳了一辈子,却可怜了一辈子的老人在往后的日子里不再孤单。

我简直不愿相信自己的眼睛，木然地杵在那儿，感觉就像站在了一个大圆盘上，圆盘飞速旋转着，周遭的一切变得模糊不清，如风般飞逝。

我似乎轮回到一个陌生的世界，槐花香在水面上漂浮，鸟儿的啁啾声在耳边挑逗，近着新月的寒光，望上流僻静处远去，听水底飘出的音乐在静定的河上描写梦意与惬意。隔着波光粼粼的眼珠子，我看到了一张熟悉的脸，惨白的倦容像是嵌在遗照框里，瘦削的弧度像是刚从坟墓里爬出来的，眼角结成的那层翳，使他的双眼异常的看不分明。

那是我的生身父亲啊！

我再也不要逃离了，我冲上去，将他紧紧拥抱。

"爸，是我不好，对不起，原谅我，好不好？"我不敢松手，我害怕这一瞬间，他就会永远地离开我的世界。我宁愿时间凝固在这一刻，让爱和幸福永远相连。

"不要离开我，不要让我一个人孤单地在那个世界里。如果要走，如果一定要离开，就带上我一起吧！我舍不得你，舍不得，舍不得，真的真的舍不得！"

泪水打湿了他的衣襟，滴湿了他的心，却注定无法穿透生与死的束缚。

突然，槐花不再飘香，鸟儿不再啁啾，湖底的音乐也戛然而止。他被一阵黑色旋风卷向一个无边无际的黑洞。我绝望地追着喊着："不要走！不要！"

他最终还是将咫尺走成了天涯。

一时间天昏地暗。

生活织成的这张无形却丝丝入扣的网还是将他死死罩住了，而我残忍编制的这条无形却结实的麻绳最终将他活活勒死。刹那间，纸花飞成白蝴蝶，泪血染成红杜鹃。

环绕四周的人们纷纷议论："真是位慈父啊！"

"就是呀！这么爱他女儿……"

"哎！只可惜，就这样去了！"

"该多伤心啊！"

……

可不可以不要说了？我拜托你们可不可以安静，不要再说了?!

我紧紧抱住那堆冷冰冰的伞架子，双手颤颤发抖。

记忆里的相片瞬间褪成了黑白。我能想象一个良苦用心的父亲在雨中奔跑着给女儿送伞的场景；能想象因为潮湿的天气使得父亲关节炎发作，他步履蹒跚地一心只想着给女儿送伞的心情；能想象摩托车飞驰而过，父亲来不及躲闪而被撞飞出去的场景；能想象父亲含泪而逝的最后一秒仍在念念不忘自己女儿的心情。

原来，生命犹如脆薄的灯泡，经不起碎石的一击。

"噢，对了，还有这袋子米。你父亲直到最后还死死攥在手心里。不过，他被车子撞倒时撒掉很多，只剩这点了。"

我疯了似的跪在地上，一粒一粒地拾着散落在地上的米，任由自己杂乱的心情在一点一点的号啕大哭中得到尽可能的释放。

"一粒，两粒，三粒，四粒，五粒……"

雨水顺着我的衣襟,沿着我的脖颈迅速流灌我的全身,渗进我的皮肤,融入我的血液。围观的人群纷纷上前劝阻,试图将我从这痛苦的泥沼中拉出,我挣脱开,理智的缰绳完全拴不住情感的烈马。

“爸,爸……”我仰天长叹,“如果可以重来,我一定会卸下所有的防备,只要在一起,无论爱是简单还是复杂,只要我们在一起,再苦再穷都很美……”

突然,“啪”的一声,一袋子的米粒如雨水噼里啪啦拍打路面,袋子轻轻地飘在了地上,被雨水浸透……

“人就像一张纸,那雨把你淋湿了,起了褶皱,你把它晾干,仍然是皱的,再也回不了原来的样了。那些褶皱就是你的记忆。”

我静静地从小池塘边走过。

蓦地,一个小女孩儿晃动着父亲的手臂,蹦跳地从我身旁经过。他将雨伞很自然而然地往小女孩儿那边倾斜,小女孩儿在爱的温暖里快乐地唱着童谣。

只是,这把雨伞换成了崭新的,上面还印着精致的卡通图案。

我望着他们渐渐远去的背影,淡淡地笑了……

汪怡,上海市敬业高级中学高三(一)班学生。

我们的人生有很多事情要做，不要说还有明天，还有以后，因为，有些事情，一旦错过就不会有机会了。

——邵艳

我 父

谢正宜

天下大多数父女间的亲昵并未发生在我身上。

父亲极严厉，儿时我每天要写六十张大字，再端两大碗水上下家中的三层楼梯以正姿态。他对我的要求是“超越所有的人”，拿第二名抽耳光，拿第三名挥皮带。有次考得实在不好，我撒谎说成绩没发，揭穿后被罚穿薄薄棉毛衫裤站在屋外整夜，那个冬天很冷，我一直哭。

父亲善吹笛，也收着几管好笛子，还喜藏玉、印章和紫砂茶壶。那时家里早已不复当年盛景，他也习惯了省吃俭用，然而遇到心中喜欢，竟舍得一掷千金。对那些细致玩意儿我都不耐烦，打碎弄坏的不知道有多少,他倒并不发火,说打碎过宝贝才算大将气度。但我仍羡慕其他小朋友家的爸爸会修电灯,会通马桶,会扎兔子灯。

我练了五年手风琴,父亲总在边上监督,我很怕他,因为他听得懂每个音,但对贝斯毕竟含糊些,于是专门在贝斯上偷懒。小学考初中,听完我复述题目的他判定作文写得离题,一定考砸。但仍逼我练琴,膝盖上承着120贝斯的大号手风琴,我肩膀很酸,心里难过,一边掉眼泪一边拉。“不许停”,他说。

后来考了学区第二到敬业中学。初三时,老师给了免试直升的名额,我想考复旦附中,于是一口回绝。“再问下你父母吧”,老师很诧异一个十五岁小姑娘的擅作主张。“她说怎样就怎样”,父亲不顾母亲的劝阻,一力支持。但他只准我填那个志愿,“考砸了,就不必再念了。”

我没考砸。

一路顺遂的我终于还是在高考跌了跟头,差三分,但各种加分在身,前途仍属两可之间。父亲去复旦求情,这是极端倔强自负的他生平第一次向人低头,却被坚拒。那天父亲在那片著名的林荫道下老泪纵横。

第二年,上海有了插班生考试,我考上了,三个人之一,回到复旦。据说那年有七千人参加考试,听陪考家长说的,也许夸张了。

再后来,学业事业都不再坎坷,我却经历了感情的磨难,“不要紧,你可以回家”,父亲的语调很平静。看到我哭,他从不拥抱、宽慰,而是皱着眉头,出去走一圈、点支烟。

终于我有了自己的儿子,某天走过房门,看到他拿着特制的微型短笛逗弄刚满月的外孙,“以后外公的东西都是你的,你妈她不懂。”

乐承文一百六十九天了,我三十岁了,父亲也老了。老烟枪的肺总是堪忧,刚装了假牙的他觉得吹笛子也没那么好了。我没其他女儿那么崇拜热爱自己的父亲,更觉得爱啊抱啊什么的恶心无比。但如果有子弹,我还是会挡在这个老人的面前。

希望他健康,并希望我有能力在他有生之年,让他搬离那间要走六层楼梯的老公房。

谢正宜,《新闻晚报》记者。

摄影:赵健雄

父爱是一缕阳光,让你的心灵即使在寒冷的冬天也能感到温暖如春。

——谚语

父亲的房子我们的家

吉　成

每次搬新家，总会首先想起父亲，想起心里那份永远无法弥补的遗憾。父亲这辈子，最挠心的事就是房子。我的印象中他和我们说得最多的话题也是房子。在父亲的心里房子是一份财产，更是一个安稳的家，按我的理解那是一种对根与源的认同。父亲的老家不是我现在常说的珠江源头的花山老家，而是远在云贵交界的富源后所家竹，那是一个极其偏远贫瘠的地方，连父亲这个不识几个字的人都会用穷山恶水来形容的地方。我不知道父亲老家那时的境况，住的是什么样的房子。几年前父亲的老家县里有个笔会请我过去，县文联的同志特意安排我去了父亲的老家一趟，这是我有生以来第一次去寻根,车子在通往老家的乡村公路上颠簸了两个小时,才终于看见被高耸的大山团团围住的叫家竹的小山村。站在那片曾养育过父亲的土地上,四周是荒芜的大山,村里是破旧的老房,坑坑洼洼的村道,破衣烂衫的孩子。在那种恍如隔世的体验中,我才终于明白父亲当年为什么小小年纪要一个人远走他乡去当长工而没选择留在父母身边生活。

父亲与母亲的缘分就是从他来到我们后来的老家花山当长工的时候开始的。都是穷苦人家的孩子,彼此有个依靠,这或许就是他们最初走到一起的想法。而父亲可能想得多一点的是花山的自然条件相比他那个老家不知好上多少倍。穷点苦点但只要肯出力,日子是能将就过下去的。他们的结合首先遇到的障碍就是房子。母亲一家几口人也只有一间破旧的草屋,要住在那里显然不合适;并且按照农村的风俗,女孩一旦出嫁,就是别家的人了,也不允许住在娘家,除非是招亲上门。父亲是外乡来的小帮工,在这里无亲无戚,真正是上无片瓦下无寸土的人,哪里去找房子结婚。好在父亲从小就是那种不服输有骨气的人。他让母亲先在娘家住上几月,然后在这段时间里,父亲没日没夜采石夯土,加上亲戚朋友的帮忙,总算是建盖了一座茅屋。茅屋不大,但可以遮风挡雨,总是个家,属于自己的家。他们在这所茅屋里添了大姐,几年后就在二姐刚要出生的时候,没料到飞来横祸,父亲去地里干活,就在地里让国民党抓了兵。母亲中午去给父亲送饭,才知道了这件事。但知道又能怎样,她连父亲被抓往哪个方向去了都不知道。惟一能做的就是烧香拜佛,期望父亲能早日平平安安归来。

父亲一个月后才回到家里来。他是夜里从军营里冒着生命危险翻墙逃出来的。他也不知道那个军营所在何处,他从围墙里逃出来之后就没命地往山里跑。跑了一夜,这才见到了山里的一户人家。山里人好,听他说了自己的遭遇之后便暂时收留了他。他走时身无分文,要走回家也不是一天两天的路程,总得有一点盘缠。于是,便求那户人家让他做几天帮工,给他一点盘缠钱。就这样,父亲拿到了一点盘缠钱之后,这才开始了返家的路程。

父亲回到家,二姐刚好满月。一家人说不出有多高兴。总算又可以团团圆圆在一起了。可是天有不测风云,一家人没过上多久好日子。突然有一天,邻居家不小心失火,殃及到了我们家,正好是三月天,风高物燥,父亲辛辛苦苦盖起来的房子转瞬之间化为灰烬。父亲咬咬牙,东借西凑筹到了一点钱,又开始了第二次艰难地建房,这次盖的是瓦房,并且盖了两间。为了盖房,自然欠下了一笔不小的债。但有了新房,一家人其乐融融住在一起,父母再苦再累心里总是高兴的。总想着这房子盖好此生就可以安享幸福了。孩子们一天天长大,长大的孩子总会有自己新的生活道路。至于盖房欠下的那些债务,苦上几年也就还清的。没想到命运再一次和父亲开了一个不大不小的玩笑。1957 年冬天,县政府几经勘查,最终确定了在离我们村子不远的地方修一座大水库,以解决下游千千万万人的工农业及生活用水问题。这水坝一建,我们这个叫小东湾的村子就将全部被水淹没,这是个相当严酷的现实。政府一声令下,我们全村人就这样为了下游手足同胞安稳富裕的日子,义无反顾地背井离乡,去寻找新的安身立命之所。那一年我三岁,是伏在母亲瘦弱的肩背上一步步走出这个世世代代生活的美丽家园的。

我们全家临时来到了离小东湾几里远的一个叫遵化铺的村子，借住在一个亲戚家里。亲戚家本来房子就小，孩子也多，加上我们一家人挤进去，那种境况可想而知。房子又成了父亲最大的心病。

半年后碰巧村里有一户人家新盖了房子，父亲便去与房主商量买下他们的旧房材料，因为那时的家境，再买新料盖一幢新房，已是不可能的事了。政府下令搬迁，却不给一分钱的搬迁费。怎么办呢，房子成了一家人火烧眉毛的急事，拖不得的。只要有一小间暂时能遮风挡雨的房子就行。就这样，凭借着便宜买下的这些旧材料，经过几个月的奋斗，我们总算在借住的这个大村对面的梁山上盖起了一幢农村常见的泥瓦结构的说新也旧的房子，墙体由红土夯成，因为急着搬家只夯了下半截，上面临时用玉米秆及稻草挡住风。它坐东向西，后面靠着一座小山，前面是田野和小河。屋子前后是新开垦的菜园，菜园的四周用长刺的豆军娘树编成篱笆墙，勤劳的母亲在菜园里分季节栽上各种蔬菜。而父亲则显示了他的另一种才干，在菜地周围嫁接了很多果树，梨啊桃啊柿子啊等等。父亲知道母亲爱花，平常时候穿戴总喜欢花花绿绿，围腰上绣花，裤子上挑花，鞋子上绣花。母亲是个体面的人，善良朴实，勤劳能干，家里家外的活都拿得起放得下，她喜欢光鲜亮丽的生活，再穷再苦，走出去给人的感觉总是干干净净利利索索的，尤其是针线活在村里几乎没人能比。因为这个习惯，父亲便特意从什么地方弄来了大丽菊、百合花等栽在园子周围。这样一来，一年四季我们家屋前屋后总有鲜花绽放。给这个家带来无限的生机和快乐。这个家总算最终在这个陌生的村子里安定下来。

这老房子是父亲生命的延续,是母亲生活的影子,也是我成长的怀抱,我梦想起飞的地方。这以后,大姐二姐结了婚,房子小了,父亲又为我的两个姐姐每人盖了一幢全新的泥瓦结构的房子,让她们各自有一个安居乐业的小家。按照父亲的心愿,在他有生之年还要再盖一间房,这心愿在当初盖这老房子的时候父亲就有过谋划,并且特意在这老房子的旁边预留了一块空地,准备将来盖新房的。因为我们有兄弟二人,等我们兄弟将来结婚成家才能各自拥有一间房。其实那时的我已经不需要父亲再为我盖一间房了,我如同父亲当年离开他穷困的山村一样,很早以前就走出了这个小村,先是读书后来当兵再后来工作,习惯了城里那种更为舒适的生活环境。父亲辛辛苦苦盖下的房子,在我心中只是一个叫老家的地方。当然我挺能理解父母,特别是父亲,他这一生总共盖了五次房,在农村,在过去那种吃饭穿衣都难以保障的社会环境下,盖五次房那简直可以称为是一个壮举!父亲在我心里是个不折不扣的伟人,真的,我一直就这么想。然而,父亲却始终认为没能给我再多盖一间房是他一生中最大的遗憾。那种为没有给子女留下宽敞一点的房子而心存的深深地缺憾和尴尬随时像刀刻一样印在父亲满是皱纹的老脸上。

1985 年夏天到来,我们单位盖了一幢单元楼,那时叫福利房,面积不大,就五十多平方米。我有幸分到了一套,虽然是顶层,但那种分到新房的喜悦难于言表。那时候,我的母亲已经过世两年,父亲还健在,我立即回家将这个喜讯告诉了父亲。父亲知道我有了新房,高兴得像个孩子似的,尽管他有咳嗽的老毛病,那晚却喝了很多酒。他这辈子不断地为房子操劳,却没有住过像样一点的房子,甚至连钢混结构的单元楼见都未曾见过。我给父亲描述我的新房单是房门就有八扇,父亲想了半天,还是想不出一个房子怎么会有这么多的门,还有卫生间都会设计在房内,真是不可思议。之后不久,我拿到了新房钥匙,便将爱人和两个孩子接到城里来。大女儿七岁,正好要上小学,小女儿三岁,也该上幼儿园了,有了这个条件,也应当让孩子们有一个好的学习环境。那是秋初,当时说好,等到春节我就去接父亲上来,在我的新房过年。父亲也很高兴地答应了,他就想看看他儿子有八扇门的新房是个什么样子。却没想,春节不到,父亲就病倒了,这一病就再没有好起来。就在他辛苦盖下的那间老房子里,父亲勉强挺过了春节就永远地离开了我们。我的新房最终没能让父亲看上一眼,住上一住,这给我留下了终生的遗憾。

十五年后,我又重新购置了现在的这套新房,面积是原来的三倍,还带了车库和杂物间。大女儿还有了更为宽敞的别墅,小女儿的电梯房也在拔地而起。弟弟去年也将老屋拆除,在原址上重新设计盖起了一幢钢混结构的新楼,九泉之下的父亲应该高兴了吧,他心心念念只是想为我多盖一间房,现在,我们有了很多间,很多间更好的房子,只是父亲再也看不到了,看不到了……

吉成,云南曲靖市作家协会主席,云南省书法家协会会员。

七岁上小学的时候，在山区。学校门口有很陡的坡，不宽，人走车也走，还有小摊贩在边上。一不留神，轮胎就压着脚边就过去了。

上下学的时候，外公总在后面，瘦瘦的人，白色的汗衫一晃一晃，像个巨大的保护伞。偏偏前面是个叛逆而好吃的小孩，喜欢街边艳丽的糖果，哪怕上面沾满被车扑起的灰。而外公是不许买的，怕我害病。小孩子却固执地非要买，每每都要吵起来。有一回和外公吵到不行，老人回了家就一人呆在角落。黑暗里，老人拿起白色汗衫把眼角擦了又擦。小孩却只是看了一眼就走开了，第二天顽劣地继续。

后来，当外公已故去许多年后，我一个人走在上海的街上，一个老人穿着白色的汗衫向我走过来。看我一直望向他，老人友好地朝我笑笑。一下子，我的眼泪都涌了出来。

——程向心 Rina

老槐树

黄　荭

生命中的遗憾，又何止是那一个呢？

生、老、病、死、怨憎会、爱别离、求不得，哪一样不是苦，哪一样不是憾，哪一样不是不得已的成长和觉悟？

等不到牵手，来不及相送，树欲静而风不止……

在感情上，我一直都是讷于言的人，我担心很多话说出来就会变质、会失真、会风化，或者我会突然变成那块冥顽不灵的岩石，从此不能言语、不能行走、不能回头。

对于小时候的记忆，我是很模糊的，或许因为我是懒惰的人，记事也记得马虎。偶尔想想遥远的事情，脑子里常常是白茫茫的一片，间或有那么一两件油麻菜子的小事，也是听长辈时不时说起，渐渐有了影子有了形状有了来龙去脉。还好我也不是执著的人，隔着那么长的岁月，什么样的回忆在我都不是那么重要了。

记得爷爷乡下的老房子挨着河，河挨着江，江挨着海，于是河水总是浑浊的，带着咸味，冬天漂浮着各种垃圾和塑料袋，春天铺满密密的水菱叶子，挤挤挨挨，油绿油绿的，到六七月就疏疏地开出冷紫色的花，小簇小簇的，素素地抿着嘴儿。河里有细长的水蛇，偶尔也在最后一级青石台阶的缝隙里蓦地探出不怀好意的脑袋，吓得我不敢下水，更甭提学狗爬学憋气学潜泳了。到了立秋，水菱角发出幽幽的香味，从各家晌午的灶台里飘散开来。河边卧着一棵枝繁叶茂的槐树，正对着敞开的院门和门前的石阶。

奶奶说我从小就是懂事的孩子，知道自己玩高兴了就到地里去帮着大人送个晌午饭，拾个稻穗，割点猪草，递把毛巾，打会儿扇子什么的。而我做过最讨喜的一件事情就是给太婆折过一枝槐花。

太婆在一次和邻居争门前猪圈的地盘时折了腿，后来风瘫了，话也说不清楚，半个身子都动弹不了。她有两个儿子，河那岸住着长子，河这岸住着次子，也就是我爷爷。虽然爷爷家子女多，吃的用的都比不得对岸姥爷家阔畅，但太婆就是喜欢住在爷爷家可以望见槐树的那间东厢房里，说这边的人敦厚，日子也过得踏实。我知道太婆不喜欢孩子，嫌吵得慌。奶奶总赶我们到外头玩耍子，太婆一直躺在挂了帐子的床上，好像一根苍老干枯的树桩。

但太婆喜欢我，因为我生下来就有九斤，胖墩墩的很是福相，在农村那一堆长得像小瘦皮猴的孩子中特别出众。据说我出生后一直睡着不肯睁眼睛，太婆于是走了几十里地求了菩萨磕了响头，我就在太婆傍晚回来的时候第一次睁开了眼睛，那时奶奶点了煤油灯，我的小眼睛亮晶晶的，太婆或许从那一刻起就特别喜欢我了。厢房里只有伊和我的时候，太婆常颤巍巍地从枕头边的洋铁罐子里摸出两片受潮的饼干，几颗红绿的糖果给我，瘪着嘴，说些我听不甚清、听不甚懂的老话。我虽然不是特别爱吃她给的饼干糖果，但这份特殊的待遇还是大大满足了我小小的虚荣，感觉自己受到了重视，感觉自己与众不同，也让我觉得自己应该为伊做点什么。现在回想起来，其实小孩子是特别懂得知遇之恩的，否则我小小年纪也不会爬到槐树上去折那枝槐花，也不会一不小心掉在槐树下泊的小船里等着大人抱我上岸，也不会因此成为小村子里“二十四孝”的楷模。

事情其实很简单，并不像村子里流传的故事那样，但我也懒得去更正了。那年门前的槐花开了一树，幽幽的花香避而不避地四散在空气里。我知道奶奶喜欢撒点槐花在蒸糕上面，我是爱吃蒸糕的，尤其喜欢槐花留在齿颊上的清香。我已经不记得自己是怎么爬的树，又如何一脚踏空摔在泊在树下的小船里，只记得爷爷把我从船上抱到岸上的时候，我依稀瞥见太婆正直着脖子朝我这边张望，我于是伸出那只攥着槐花的手指着太婆的窗户，叫了声“太婆”。如果爷爷举起我的时候我没有瞥见太婆殷殷的目光，我就不会叫太婆，如果我不是举着槐花叫太婆，大家就不会以为我折槐花是为了她，虽然我当时满脑子里粘的糊的全是甜糯糯香喷喷的蒸糕。但从那以后，我倒是常常在槐花开的时候去折一枝插在太婆的房间里，太婆看我的目光也越发绵长柔和了。我八岁那年,太婆去世了,我清晰地记得最后一次给她折槐花的情形,那时我已经长大了。之后看到槐树花开,我总是忍不住要折一枝。

我虽然长大了,但一直都没有脱得了小孩子的脾气,因为我一直都是喜欢攀摘的人。

就像我知道自己肤浅,只不过偶尔看到了智慧的书,于是忍不住要摘一句两句出来,装出聪明的样子,期期艾艾地放在某人的窗口,希望他看见,又希望他看不见,希望他知道是我,又希望他不知道,如此辗转着心思,辛苦着自己,却从来不曾想过或许他喜欢的并不是槐花,而是桃红柳绿栀子香。

但不知不觉中,我握着那枝槐花,已经过了许多年,而合适的花瓶,竟然一直都没有看见。

我还记得小时候和小伙伴们一起在海边玩耍,一时高兴就会捞很多绿色的海苔回来,在河里洗干净后就美滋滋地晾晒在二楼屋顶的瓦片上。转眼就忘得一干二净。隔了几天下雨,爷爷疑惑地看着屋檐上淌下来一丝丝一绺绺绿绿的海苔,我这才如梦初醒地想起来。爷爷摇摇头,我点点头。

其实记忆很像那些被遗落在屋顶瓦片上的海苔,到了下雨的日子就会泡了水,恢复原来青绿的颜色和咸咸的气味,像沙子一样从时间的缝隙里漏下来。

思念可以藏在下雨天的心里,可以春风吹又生,可以渐行渐远渐生根,只是,有些话如果不说出来,也许就永远都来不及说。

我偶尔还会想起太婆，想起那个幽暗的房间和那张终年挂着帐子的床。

那是我童年经历的第一个葬礼。

童年里
太婆婆忘了
轻轻握一握我的手儿
托一个清淡的梦给我
就大智大愚
　大悲大喜地
　　走
　　　了……

黄荭，南京大学外国语学院法语系副教授，国际杜拉斯学会会员，南京翻译家协会理事。

摄影：赵健

不养儿不知父母恩。也许当我们的父母离去，内心才会感受到这种遗憾，尽管佛曰：这是一个婆娑世界，婆娑既遗憾，没有遗憾，给你再多幸福也不会体会快乐。

——感悟安藤希

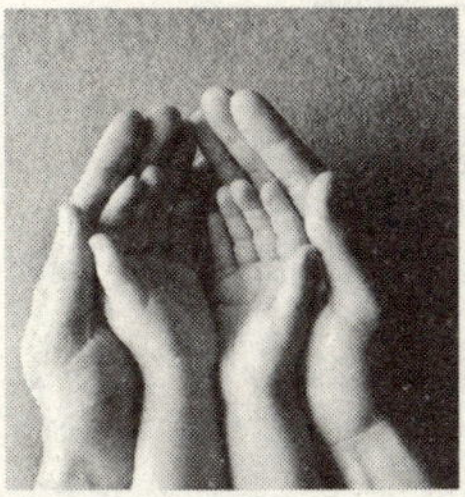

我的眼睛看见太阳

叶有初

在出嫁后的日子里，我越来越思念母亲。

这个倔强而善感的女子，因几十年的顽症折磨，已失去昔日容颜。那曾经的明眸和柔荑，是怎样的让幼小的我如此羡慕与骄傲啊。记得挑选嫁衣的某天某时，未来的夫婿指着一款宝蓝色天鹅绒的旗袍感叹道，如果我妈穿这身肯定好看。突然之间，就这样悲哀得万念俱灰。这风华，原来竟是我的母亲再也无法拥有了……

依然心心念念想给母亲买件好看的衣服。母亲本来长得娇小，加上羸瘦，总没有特别合身的。好不容易找到一件碎花衬衫，母亲穿着，也还是显得空落落的。母亲说找裁缝做了件新衣，可惜裁缝手艺差，那衬衫一抬袖子，就吊着难受。母亲没得病前，是个小学教师，十年教书生涯，养成个职业习惯，说话喜欢比划。看她兜兜转转解说袖子质量问题，忍不住地笑，心说，那以后等我学会裁衣缝纫，看我这个笨裁缝给你做一件吧。心里的誓愿，最终没有说出口。说出口，就不灵验了。

母亲蕙质兰心，常无师自通，我小时候的衣服，大部分都是她的手工劳动，当时没有缝纫机，用来回针线走，还会在哪里绣些花花草草点缀。毛衣也打得漂亮，见人家的花样，自己略加改动就是个新的。可惜，这些原本该做留念的物件，都被母亲毫无吝啬地在二十年多前送给了我的表妹。表妹比我小六岁，想必，那时母亲看着她穿我的衣服，如同见着当年那个小小的孩儿，很是开心吧。

忆起儿时的衣物，有一条裙子，虽不是母亲亲手缝制，但意义非凡。那是母亲和我经历的一次劫难。

1976 年，我四虚岁，母亲趁暑假带着我去部队探亲。部队驻扎在河北某山区，父亲是连队指导员。相聚了没多久，正赶上唐山大地震，并且余震不断。部队下达命令，要求家属晚上睡在防震棚。这样的生活很不方便，所以没过几天，父亲就让母亲带我返沪。部队派了车，把我们和其他军人家属送到火车站。我们和排长的家属一路，她们也是回上海。

在从河北出发的火车上，相安无事。我和排长的小孩打打闹闹，母亲和排长的爱人聊天解闷。排长的小孩喜欢吃白煮蛋，母亲把包里所有的白煮蛋都给了她。估计当时想，反正在郑州换车时还可以再买其他东西吃吧。直至后来，母亲才后悔，当初的倾囊相赠，差点就害了她和女儿的小命。

随着列车南下，成群结队风尘仆仆的人也多了起来。到了郑州站，下车时，在横冲直撞的人流里，我们和排长的家属走散。坐在候车室中，茫然的母亲搂着昏昏欲睡的我。我猜测，母亲那时是非常想念父亲的，如果父亲在身边，就可以帮她提一把沉沉的行李，抱一下沉沉的我。母亲说，还好，还好那时遇到了一个大兵。

大兵坐在母亲旁边，让母亲把我的脚搁他腿上，这样我就能躺下好好睡了。大兵在喇叭里通知火车进站时，抓起母亲的行李，大步流星走过长长的天桥，母亲追着他跑，差点以为碰上了抢劫。母亲拖着行李抱着我找指定的车厢，找着了，却无法上去，都是人，挤成了一堆，堵住了门口。身后有人喊，去别的车厢。母亲下意识随着其他人一起冲。列车已经快启动了，母亲说，当时只有一个念头，就是无论如何也要带着我乘这班列车安全回家。

母亲是手脚并用的，爬，只能爬，阶梯高高在上，一个手臂箍住我，一个手臂蹭着地，占住最后的台阶，刚想立起身来，车厢里的人群又一阵回冲，原来几个人发觉上错了列车。母亲说，还好，还好那时候被人托住，否则摔下去或许就没命了。母亲说，真巧，还是那个大兵。

母亲和我站在列车上。没有座位、没有食物。母亲衣服湿透，手臂、膝盖乌青。而我，无知。我只是一门心思盯牢对面阿姨手中水灵灵的鸭梨，想象如果阿呜一口咬下去……阿姨也是穿绿军装的，笑嘻嘻地从尼龙袋里变出一只大鸭梨来递给我。我在母亲说完感谢的话时,已经啃得七零八落了。母亲每当回忆起这一段,总要嘲笑我几句,说当时把鸭梨啃得连芯子都不放过,现在怎么就这样浪费粮食呢。据说,那个阿姨见了我这吃相,很难过,把自己唯一剩的半只面包也给了我,我当仁不让来者不拒地全塞进肚子去了。

列车每靠一站,上来的人更多。背贴着背站着,这样的情况下,小便都不管不顾就地解决了。空气稀薄而且龌龊。母亲和我已经被推搡着移到别的车厢去了。母亲一直抱着我,一来怕把我挤丢,二来我开始出冷汗,脸色越来越苍白。母亲拍着我:妹妹,妹妹,阿拉妹妹真是作孽。母亲的声音,至今仍藏在我的心底,每当生病而孤单之时,就会拿出来温习一遍又一遍。可能是母亲的急切之情,让身边的人动了恻隐之心,靠近窗口,坐着四五个四川口音的年轻人,其中的女孩示意母亲把我递给她。窗口的空气好,又喂了些水给我,便缓和些。他们让母亲带我去火车锅炉房,说那里人少空气好。果然。而且还有个小座位。母亲和我终于能够歇下来了。几站后,听到有警车哨子和“抓住他们”的喊声,朝窗外看去,是那几个年轻人在奔逃。

从老北火车站下来,当双脚踏在上海的土地上,母亲安然了。阿姨骑了自行车接我们,母亲让她先带我回家,母亲的心思是,驮个小人,可以快些,我好,她便好了。

儿时,我和母亲住外公外婆家。在乡下。葡萄架下的水门汀地摆着竹矮凳小木桌。外婆准备了很多食物,我等不及洗澡便吃开了。整整一大碗白米粥和一大碗菜粥我这小人也能撑得下,而且,原本很讨厌的菜粥,从此也成为了我的美食。

从渡口到家，母亲居然是走回来的。走几步歇一歇，后来看到草垛子就想躺下来睡过去，但还是坚持走着回家，现在想来，是否母亲要以这种方式来不断提醒自己，原来已经是回到故土了呢？或许就连母亲自己都无法知晓吧。

母亲回家，从包里拿出一条薄绸连衣裙，粉红色，是在老北火车站买的，母亲说，妹妹真是作孽，所以一定要买下条裙子给妹妹。

母亲洗澡时，昏厥在澡盆子里。母亲在家挂了三天盐水，昏昏沉沉了好些时日。

一年后，我穿着已显小的粉红衣裙，背着草帽，看着太阳，在相机前灿烂一笑。

八年后，母亲把这条粉红衣裙送给了我四虚岁的表妹。我看着小丫头皮嗒嗒扯咬着裙角脱了线，无动于衷。

十四年后，对着作业本上老师的命题，我的母亲，却写下别人的故事。

二十八年后，我嫁作人妇，婆婆亦是巧手，缝得中装一件送于我，忽忆起当年的粉红衣裙，打电话去阿姨家苦苦追寻下落，却不复再见。默然良久，大哭……

叶有初，图书策划人。

每一个孩子都是那么喜欢问，妈妈，我是从哪里来的，妈妈，我是谁？是啊，这是人类无法改变必然的疑惑，在生命的最初，我们是多么希望得到一个明确的肯定的温柔的答复：孩子，你是妈妈的天使，你是妈妈用疼痛换来的幸福。

——山之遥

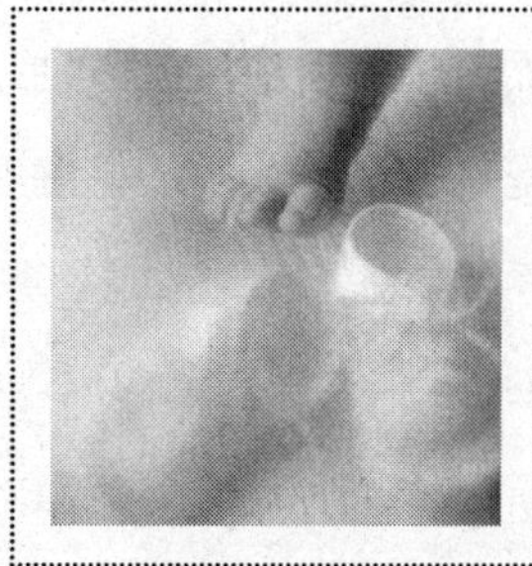

让我为你做一双鞋

孔明珠

懂经鞋是那样一双布鞋，黑色的斜纹卡其布面子，漂白色螺纹的滚条边，白色手工纳的布底(也有塑料底)，鞋面上两边有 U 字形开口，插缝了宽阔的黑色松紧带用以绷紧脚背。

我现在已经记不真切了，上个世纪六十年代末，在全体中学生失学的日子里，我究竟做成功几双懂经鞋？为谁做过鞋？我肯定是穿过自己作品的，家里的其他人呢？有没有谁巴巴地盼我做鞋给他穿？有没有谁拿到我做的鞋舍不得穿？脑子里一片混沌。

但是，我终究没有做过一双鞋子给父亲穿，这点却是肯定的。因为我当时是那样地恨他，恨他的原因是被抄家五次，一百五十多元的退休工资变成五十元生活费，家里变得那么贫穷，保姆走了，哥哥姐姐都上山下乡离开家，留我最小一个要买菜、做饭、伺候他洗脚。不是我这个一头粗硬黑发瘦成猴子样的女小孩心肠那么硬，而是“乒乒乓乓”做些做不完的家务，哪有工夫心疼父亲因糖尿病引起的老烂脚，他躺在那里不出门走路，不管我，我才高兴呢。

文革时期的时尚虽然品种不多，却是普及面广，说千篇一律那是贬义，说众人追捧不就转为褒义了吗。懂经鞋是懂经人穿的，你落后，不懂经(上海话，意思是懂行、识货)，欣赏不来，买不起做不成，又没女人疼没姑娘爱的，那不就该呆一边凉快，孤独吧你。

印象中懂经鞋似乎是从北方流行过来的，之前上海姑娘穿横搭襻的方口鞋，男孩不穿布鞋穿球鞋，家里经济条件好的，穿皮鞋。懂经鞋宽大舒适，走路跟脚，闲了无事，两手插在裤袋里，双脚轻擦着地面，宛如游龙，翩若惊鸿，怎么看怎么优美与潇洒。那年月，新鲜、刺激眼睛的东西就是少，一阵风似的，男孩、女孩、爷叔、娘舅人人都有弄双懂经鞋穿穿的欲望了。市面上成品货紧俏，解剖麻雀呀，分解鞋样！三十五码到四十三码大众号的鞋面样板在人们手中传递，鞋底样也是，每个弄堂里都有路道粗的小姑娘，我们上门去求助，借来纸样复制。然后结伴去买黑色的斜纹卡其布和白色滚条，买鞋底线，请人制作可以用来缝合鞋子带钩的锥子。

那几年我们不天天读书，复课闹革命了才去混混，否则就在家无聊。一般午饭后，父亲午睡了，我就溜出家门去横弄堂山墙处和小朋友会合，那里有一块会移动的太阳，我们靠在墙上，跟着太阳移动。勤劳的人握着棒针，小手指上绕着圈结绒线；有装模作样绣枕头套绣个没完的;也有钩台布的:钩几下,放口袋收好,想起来又掏出来钩,不顺心了,撅着小嘴刷刷地拆了的。那些女红我看几眼就会,偷偷在家实验过,但是家里没有拿得出手的漂亮毛线和的确良布料供我显摆手艺,况且抄家剩下的破家具上也不需要我钩新台布。懒的人空手靠墙嚼舌头,东家长西家短。我不善言谈,长得矮小、瘦弱貌似贫血,在墙根交际圈自觉像个跟屁虫。

蹉跎时光呀,直等到有人传阅懂经鞋样的时候,我突然激动起来,因为看上去做成一双流行货,所需的投资非常低,糊硬衬、铺鞋底家里破布多的是,鞋面、鞋底线所费有限,时间我多,劲头我大。

我参加到做懂经鞋的行列中去了。那阵子日子过得好充实,上蹿下跳糊硬衬、纳鞋底,做鞋面。纳鞋底我之前只在电影里看过,农村大娘给红军纳鞋底,慈母手中线,密密纳鞋底等等,画面上人左手鞋底右手针,咬牙一戳一提拉,把钢针放头皮上插一插,讲几句台词,再接着戳……说不上有美感,看上去也简单,可上手一纳才知道这活儿技术含量真高,城里姑娘要改造世界观,那些"手不能提肩不能挑"缺点之外,还得加一条,鞋底不能纳。

为了赶潮流做懂经鞋,我拉开了自觉改造世界观的序幕,得空就去看先我一步实践的大朋友纳鞋底。交情浅的不背过身去算给你面子了,介绍经验,那是门也没有。我三姐有个死党玲玲逃避下乡,被藏在家里休养。她招呼我去她家,她奶奶是北方小脚女人,面食做得特别好,纳鞋底也熟手,我们在奶奶的教导下一起纳鞋底,玲姐聪明,传授心得和诀窍。顶针箍怎样支住鞋底针,不让打滑很关键,否则狠命一戳,针尖进布头的同时,针屁股会顶进你肉里去。

日子缓慢得如半桶浓稠的柏油,倾倒在地上,久久不见流淌。我每天下午在玲姐那儿纳鞋底,玲姐说,小阿妹你那架势越来越像红色娘子军里面的女战士,因为我咬牙抽麻线的动作够狠,为了鞋底紧实,有时会抽断线;而时不时学玲姐奶奶,把钢针尖插头皮里蹭些头油好下针,简直太大妈化了。我们互相打趣,痴头怪脑大笑,笑到玲姐家两个表情一贯严肃的表弟再也不进屋。

接着做鞋面了。厚厚的斜纹黑布反面也要糊硬衬,不能太厚,最外层得是一块新的龙头细布,就是鞋里子,阴干了之后,在白色面用铅笔描画鞋面。要动剪刀开剪时,心别别乱跳,好像是一锅钢水烧好,要浇注模具那样的大事,这一剪刀下去不能出半点差错,错了就是完了。

鞋面比较厚,也硬,用缝纫机滚边的时候得非常小心,先反踩一道,再翻过去压一道,边沿留得均匀,压线要恰到好处,说起来容易,踩起来难,反正我小孩子眼睛贼亮,好胜心强,不成功便成仁,怎么也得成功。

那鞋其实通俗点应该叫它松紧鞋,两条黑色宽阔的松紧带放在鞋面舌头两侧,黑线压上去。最后就是鞋面和鞋底合拢,上海人叫上鞋子,从鞋跟开始,粗针麻线搞回形针法,一针一针回环往复,牢牢地将鞋面固定到鞋底上。眼看着懂经鞋制作快大功告成,人那个兴奋呀,绝对“一口气跑上威虎山”,上到一半的鞋怎么也不肯放手,父亲喊我做饭,那个一声声呼唤,明珠、小妹到乖囡,再转为小鬼,死小鬼……

“吵死了!”少女的我只顾着自己的委屈,我恨很少有新衣服,妈妈只会将上面六个哥哥姐姐穿旧的衣服改给我穿，穿不下的鞋子轮到我，我盼望属于自己的东西，于无希望中迸发出自力更生的力量，那第一双成功的作品怎么会轮到给其他人穿？给躺在病榻上基本不走路的父亲穿？绝无可能。

两只瘦骨伶仃却有三十七码大的脚终于踏在亲手做成黑面白底的懂经鞋里了，那年我十六岁，天很阴，春天遥遥无期，我喜极而泣……

四十多年过去，即将成为老太太的我，膝盖骨质增生，髋关节时不时酸疼，早已只能穿平底鞋走路了。每每走过五原路上一家烟纸店门口时，我的目光总会与几双白底黑布面的布鞋相遇，"懂经鞋哦"，我与外来户的摊主打招呼，她"唔"了一声，完全不是听懂的反应。

有一天，我停在摊位前，拿起一双四十码的，眼前突然出现父亲那两只瘦骨嶙峋的脚，眼泪迸出来了，因为我太想太想认下这鞋，把这两只已被太阳晒到香喷喷的布鞋套到父亲的脚上去，然后将他从藤躺椅上扶起来，牵起他带有些烟味的手，带他下楼，到四川北路上散步。我想象，亲爱的父亲会脚步很轻盈，他一路走，一路指着崭新的懂经鞋，告诉水果店、米店、南货店的老伙计，这鞋是我小女儿亲手做的……

孔明珠，作家书局副总编，前《交际与口才》主编，作家。

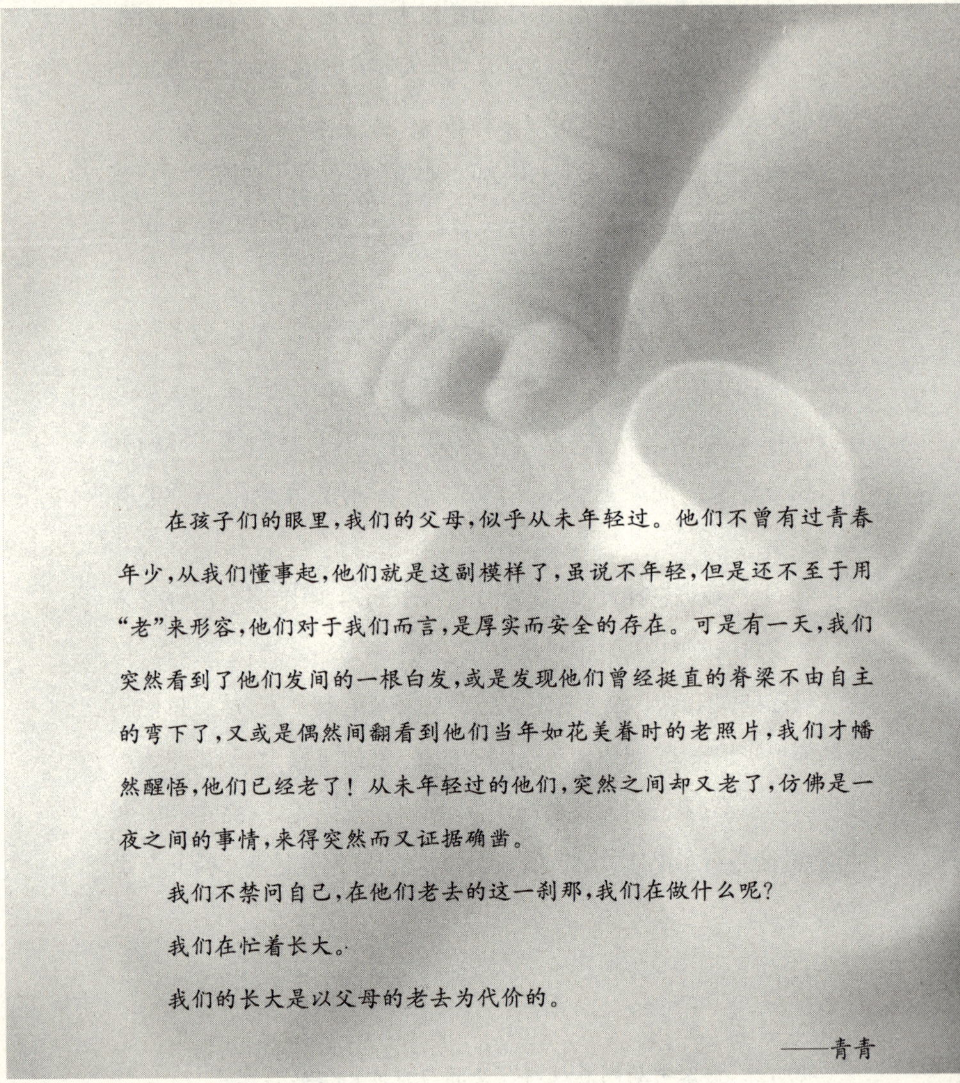

在孩子们的眼里，我们的父母，似乎从未年轻过。他们不曾有过青春年少，从我们懂事起，他们就是这副模样了，虽说不年轻，但是还不至于用“老”来形容，他们对于我们而言，是厚实而安全的存在。可是有一天，我们突然看到了他们发间的一根白发，或是发现他们曾经挺直的脊梁不由自主的弯下了，又或是偶然间翻看到他们当年如花美眷时的老照片，我们才幡然醒悟，他们已经老了！从未年轻过的他们，突然之间却又老了，仿佛是一夜之间的事情，来得突然而又证据确凿。

我们不禁问自己，在他们老去的这一刹那，我们在做什么呢？

我们在忙着长大。

我们的长大是以父母的老去为代价的。

——青青

一只豆沙月饼

刘绪源

多少年过去了——已经有四十多年了吧——我还忘不了那只豆沙月饼。懊恼和无奈,后悔和歉疚,隐隐沉埋在心底挥之不去。曾经发狠地自问,当时怎么会那么懵懂,那么不近人情?当时,我大约十三岁。

那时我们住在上海的虹口区,我的大姨妈住在南市区。刚读小学的时候,星期天我还会一个人到大姨妈家去玩。但后来,人渐渐地大了,课外活动也多起来了,自己又迷上了读小说,放学回家手上老是捧一本厚厚的书,眼镜也戴起来了,亲戚间的走动就变得很少很少。家里来了亲戚,即使是小时候十分热络的亲戚,我也只是点点头,叫一声,然后找个机会,赶紧躲到自己的角落里看书去。进了中学之后，外面的广阔天地越来越占据心灵，越来越具有一种神圣感，家里再大的事似乎也是渺小的，甚至委琐的了。同学之间可以谈理想，谈未来，可以谈班级里的工作，谈怎样帮助别人（我们那时候真喜欢帮助别人啊），也可以津津有味地谈小说里的情节和人物，可就是没人谈各自家里的事。我不知道现在的初中生（当然是指男生，女生大约不会如此）是不是还这样。总之，那时对家庭的一切都有一种下意识的不屑，这可能是那个年代或那个年龄层的风气吧。

中秋节前，乡下的四姨妈来了，好像是为了我的一个表哥的病到上海来买药的。我的父母把药买好后，留她在我们家吃了饭，然后送她上公交车去大姨妈家。我除了打过一声招呼，又坐在一起埋头吃过饭以外，对这一切是极不关心的。家人早已习惯了我这种态度，四姨妈说了几句恭维的话，意思是功课真忙，真用功，将来一定有出息之类。我听了自然不作声，心里一面暗笑她不懂，一面也不免有些自得。她从乡下带来了好大一袋番薯干和烤豆角，小时候我是那样喜欢吃，现在却是毫无兴趣了。父母替她买了两盒饼干，还有一包月饼让她带回去。

四姨妈走后，父母却又很认真地商量起什么来，你一言我一语的，态度十分投入。过了一会儿，父亲到我这儿来了，手里拿着两张五元的钞票。他说，四阿姨家里很困难，我们再帮她一下吧，你到大姨妈家里跑一趟，把钱送去，她明天一早就要走了。我答应了，临出门时，妈妈还在门口叮嘱：钱可千万别掉了。

是的，那时的十元钱，不是一个小数目。当我赶到南市，把它交到四姨妈手里时，她的惊讶和激动，是可想而知的。她不知怎么谢我才好，先让我坐，又给我倒水，接着手脚乱地打开行李，从里边摸出一个豆沙月饼让我吃。我犹豫,推辞,但四姨妈一定要我吃下去,大姨妈也在一边催我吃,那天我一点也不饿,一点也不馋,但实在是盛情难却,于是就剥开油亮的包装纸,大口地吃起来。四姨妈和大姨妈很欢喜地看着我,一边不停地表扬我。这月饼又甜又结实,里边是满满的豆沙馅,我真有点吃不下,但为了能快点回去看自己的书,我勉为其难地吃完了。

回到家,我没提月饼的事。父母大约也是因为帮助了别人的缘故,显得有些兴奋。他们喜滋滋想象着四姨妈回到乡下,我的那几个表哥表弟开心的神情。他们的话传到我耳边,恍惚听得,从“三年自然灾害”的时候起,四姨妈家就没再吃过上海月饼!——这么说,这几个月饼,对他们家来说,就是一份极其难得的美味了。那一包月饼好像是四只,可我居然糊里糊涂吃掉了其中的一只!一种惶恐的感觉从我心里升起,有一阵,我觉得很不安。但再看一会书,我就把这事给忘了。

奇怪的是,多少年过去了,记忆在我心里愈益地清晰并强烈起来,几乎成了我的一块心病。也许是因为年纪渐大自己也成家了,或者更要紧的,是因为社会的风气变了,谈论琐屑家事不再丢脸,反而变得堂皇起来了。总之,我几乎一直在自责,不该当初吃掉那只豆沙月饼……

前几年,我的一位表哥来上海,我忽然心血来潮,想买几盒最好的月饼让他带回去,但他连连摇手说,他们不吃月饼,那么甜的东西对身体不好。他们家里开了个轴承厂,早已富得冒油了,据称现在凡是甜的油的,他们一概不碰了。听得这话,我怔了半晌。

刘绪源,《文汇报》高级编辑,原“笔会”主编,作家,评论家。

摄影：赵健雄

姊妹坡

陆　梅

姐要出书了，她的第一本书。完成她心愿的惟一一桩：请人给她的小书写篇序。她来问我：找谁合适？我想到了几个作家朋友。她思量半天，说："还是你来写吧！"我明白姐的意思。

在今天这么一个出书若浮云，繁华又似烟花的"博客时代"，若非写字的人还存一份敬畏之心，对一个无名小卒的无名文字，谁来在乎？

所以，与其说姐聪明地正视了自己的文字，不如讲，她也在替我完成一个心愿：借出书机会，第一次以文字的形式，走一走姊妹坡。

姐比我大两岁，刚好踩进六十年代的尾巴，我则挤入七十年代的队伍。这一上一下便是两个年代。我们的童年、少年和花季岁月,她都要比我心思重得多,也比我老练、稳重。她总是走在前面,远远地抛下我。我没心没肺地想要跟,却永远赶不上她的节拍。

这是我记忆里的我的童年和少年。不知道,别的姐姐妹妹(甚至还有哥哥弟弟的)是怎样一种关系?我和姐,常常是我"追"她、被甩了后又若即若离地恨着的状态。

她有演说家的才能,身边总有一班孩子围着她,听命于她的指挥——呼啦啦地挎着篮子去挖野菜、往山坡上拔春天的茅针、偷了田里的蚕豆找僻静处"烤"了吃、盛夏午后悄悄溜去和隔壁家"小妹妹"约会……(啊,我才是她的小妹妹!可她却装着视而不见!她呼啸着来去,和跟她一般大、甚至比我还小的邻家妹妹玩得火热!)

我很委屈,觉得太没面子。自己的亲姐姐,不跟自家妹妹玩,却和别人家孩子那么要好。于是,一遇挫折就哭,哭的时候总是爸爸"刚好"看到。于是我有了救星,心安理得地接受额外的"安慰"——有时是一个怀抱,有时是两颗花生糖、几块饼干、一小包话梅之类。我的一点小伎俩,姐看得一清二楚。可她不在乎。我因此更恨她,也更渴望得到爸爸的宠爱。

姐好像也无所谓。我们的童年和少年,总是我的"宠爱"比她多一点。我会哭鼻子,她从来不哭,委屈了也不哭(甚或偷偷地哭过,而我不曾知?);我习惯了撒娇,很大了还吵着要和爸爸睡,她从来就不屑,说话干脆利落,讨厌我的"奶声奶气";我很馋,啊,那个年代成长起来的小孩都有体会,非父母那一辈的缺衣少食,却也不是独生子女的衣食无忧。

我对食物的记忆，是谁拥有更多玻璃糖纸谁就是天下最幸福的人，谁吃了香喷喷的红烧肉谁就可以不洗脸嘟起嘴美气半天……那时的我，身体里面长满了馋虫，想尽办法找吃的——后来我读莫言袒露童年饥饿经验、因饥饿而梦想当作家的生命独白，真正心酸动容——再也不会有如此不堪的岁月了！

姐却对此置身事外。说不食人间烟火有点过分，决不眼馋女孩子家的零食却是事实。——这又是我想不通姐的一个地方。

我觉得我跟姐无法有交集。我们是两条战壕里的人。她在她的世界里厮杀着往前冲，从来不担心没有观众。我被排除在外，企图走近，却被抛得更远。

这样一种"被抵制"的心情，影响了我整个的少年时代。我开始和自己玩，再大些，我有了自己的伙伴，慢慢地断了走近姐的心思。

高中以后，我和姐不再在一所学校就读。这样更好，总之是说不到一块的。兴许姐那时也这么想？我们越来越少交流。我依旧嘴馋撒娇哭鼻子。姐也还是少年老成。尽管很少交流，我却是隐约知道姐陷入了一场"恋爱"——不是她的"恋爱"，是她同桌被班上一个男生喜欢，这男生不好意思当着女孩面表白，就找来姐请她当"信使"。烦心的是，同桌好像不领情。姐有些困惑，不晓得天平该往哪边斜……

这些烦人的所谓"爱情"，在当时的我看来，遥远得不及一包话梅的冲击，自然对姐的困惑无话可说。

这么写的时候，连我自己都有了错觉——啊，我和姐的关系是这样的吗！？这样的两条不能交集的并行线？应该还是有一些温暖和爱意吧！那种姐姐妹妹的依赖，牵手，相互扶持着长大。

确实是有的。现在它们慢慢在我脑海里显影。一点一点，光与影，快乐和忧伤，欢喜与沉默。只是这般的默契，影子一样，消散在暗夜里。

我其实也在反省。在我离开家乡念大学，毕业后又在工作着的城市居住下来，我渐渐很少想起那片土地，那片说来熟稔其实陌生的故土。我难得回一趟家。回去也是匆匆。这个时候，我是家里的主角，而留在小镇工作的姐是一个倾听者。

好像，从那时开始，我们的状态反了过来，我是跑在前面的姐，而姐，就是当年那个幼稚的我。我忙碌在自己的世界里，越走越远。不是没有试图领着姐走进，可姐好像不以为然。我也乐得不管不顾，扔下牵挂，一个人跑前面去了。

我有没有想过，在我扔下牵挂，一个人跑前面去的时候，姐在干什么、想什么？老实说，我知之甚少。比之我的风平浪静，姐的生活要不容易得多。

我们都有过生活的艰难和不易。问题是你拿艰难怎样？姐的难得在于，她找到了寄托：写作。和很多对文字虔敬的业余作者一样，姐也热爱文学。

现在回想起来，我每次回家，和姐谈得最多的，还是文学。总是这样开头：她拿了最新完成的作品（或诗歌，或散文，或报告文学，偶尔也有小说）要我看，期待着我的评价。我老老实实说出我的想法。每回的“评价”不总是肯定。对我的“不同意见”，姐也有不接受的时候。

就在写这文章的前一个月。姐发来她为出版散文集而写的后记要我看。我看后觉得她写得太随意，就在电话里直说了我的感受。她好像不太接受，冷在那里。我继续哇啦哇啦大说一通。姐突然挂了电话。我也扔掉电话，生闷气。几分钟后，姐却发来了短信，说我提的意见是对的，她会注意，并也婉转说我的脾气太大，不要以为站得高了，就可以无视低下来的天空。手指按着键，我心一愣，听到了哗哗的雨声。

那个晚上我躺在床上，脑海里闪过日本电影《姊妹坡》里的一组镜头：四个性格迥异的姐妹，唱着歌缓缓上坡。不期然地跳出这么一个画面，那些伤害、争吵，又和好；那些远去的青春和成长路上的懵懂、爱恨、纯真……突然觉得心疼。

我想我多少有些理解姐了。慢慢地想和匆忙地走；活在静止的世界里和行色匆匆地赶路；熟的果子和生的果子；漫长的感情和急促的感情……哪一样，更令人迷惑呢？其实人活着，就是因为有各种各样的偏离。姐写下的那些字，是她试图抵达各种“偏离”的痕迹。不必太多观众，只要继续着在路上的旅程。

陆梅，《文学报》副主编，作家。

亲情就有如交响乐般涵盖着多层次，多方位的音色。在那最微小的单元格中，它集结下了我们每个人生活的家庭。

——玛湖

我要去乍浦

许云倩

突然收到了上海海洋大学的两份校报和一笔稿费，因之前听说他们刊用了一篇我的文章，我从头翻到尾，没有找到自己的拙文，但却读到了几篇纪念百年校庆的回忆文章。那些熟悉的名字，串起了我早已深藏而不自觉的零碎记忆——儿时父母亲在煤炉边闲聊时的那些片断。

那个时代是清贫而安详的，父亲他们还没有迁校至厦门海防前线，长兴岛尖刀连的生活也还没开始，他和他的同事只是在国棉十九厂参加劳动，去没有学生的校园参加政治学习。今天校报上姚叔叔回忆文章中的那些名字，当年时常从父亲的嘴边流出，通常是下班时他和母亲在烧饭时的闲话，但我听到的是上海话发音，或者是这些人的外号。譬如姚叔叔的外号叫“小日本”，因为他是日语老师。看了校报，我才知道，“小日本”叔叔竟是北大东方语系的高材生，那可是“文革”前的北大呀。还有那个特立独行的打字员“阿蔡”，在姚叔叔的笔下，她是真正大户人家的千金小姐，因解放后家庭落魄，才勇敢地走出闺阁自谋生路的。

记忆中，我好像就没有认认真真主动倾听过父亲的回忆，总是在不经意间听到或记住了一些家族和父亲个人的人生片断。年轻时，总是一心想往外面奔跑，朝前面憧憬，对于父辈的经历和怀旧通常是漫不经心或不屑一顾。直到有一天，突然想要追溯家族的历史，想寻访父辈的足迹时，才发现那个可以口述历史、可以还原历史细节的人已经远去了。

前几年我在写一本关于杨浦区的书时，较多的篇幅涉及我们这个家族和杨浦的渊源，这才发现之前自己所拥有的家族记忆是零敲碎打的，只有脉络而缺乏血肉，这才意识到自己丢失了一笔极其珍贵的遗产——父亲的人生故事和家族的传奇故事。

少不更事。那时，走过延吉路、隆昌路附近时，父亲带我穿过一片黑瓦白墙竹篱时，会告诉我，这里就是许家宅。因那些典型的本地民居已经很陈旧，而且在我们那一带寻常多见，我丝毫没有意识到这就是我们家族的根之所在，也没有多看一眼，更没有详细探问我们这个许姓家族自何而来，又都分散去了何处。因为在我儿时的心中，总觉得，家乡应该在远方。像我的邻居伙伴思梅的家乡，在遥远的广东；宋阿姨王叔叔的故乡虽说不远，那也在无锡和江阴。就在离我家三里地左右的许家宅,能算是故乡吗？小时候,真的很怨叹,春节别人都有家乡可去,我们怎么还在上海?

奶奶的养父母家就在离许家宅不远的杨家浜,她的养父自然姓“杨”。奶奶的故事尤为传奇,但因为年少时并未上心,只粗略知道个大概。

奶奶自小因家境贫寒,虽是长女,刚出生就被送人。幸得养父母视如己出,一直养到她风光嫁人。待她亲生父亲找来时,生母早已病逝,而生父却奇迹般成了富人。那时上海滩多得是神话,他的发家故事只能算是一朵小浪花。据说他是从做银行的 Boy 开始勤勉致富的。富到何种程度？除了一排洋房,还有十多条商船。因为父辈们不太愿说他,我了解得并不太多。他从底层奋斗到上层的结果是妻妾成群,其中还有一对是姐妹,妻妾间争风吃醋的斗争已够他费心的,因而他对儿女基本上是冷漠寡情的。尤其是对奶奶这个被丢弃多年又找回来的长女。直到我出生时,奶奶一家居住在他父亲的轮船仓库里。

这里面有太多的为什么,我当年没问,而今天已无人给我答案了。其中的一个问题就是,据父亲所说,在他孩提时期,他的亲外公极喜欢他。看父亲儿时的照片,乖巧而清秀,一定是能博长辈喜欢的孩子。最愉快的记忆是,外公曾带着他坐上自己的船到吴淞口品尝长江的各种鲜鱼。可是等到父亲十五岁考高中时,原本在上海著名育才中学成绩优异的他,却因为家庭经济拮据,选择了国立乍浦高等水产职业学校。此时他的亲外公为何不肯伸出援助之手?

而父亲的乍浦岁月,虽说最初的选择有点苦涩,但毕竟是他的一次青春的放飞。当时的国立乍浦高等水产职业学校不仅免收学费，而且学生的衣食住行全包。服装是挺括的制服、大盖帽。少年们穿在身上很是神气。少年父亲穿着校服去乍浦小镇唯一的照相馆拍照，结果这张照片就被照相馆当作样板放在了橱窗。这是父亲年轻时小小的骄傲。学校似乎是军队建制，事实上这所学校也确实是实行军事化管理。父亲总是回忆说，他们吃饭是八个人一桌，没有凳椅，只能站着吃，所以他们都吃得飞快。这个习惯父亲持续了一辈子。这是父亲留给我们的片断，也留给我们太多的想象空间。在那个江南小城，初别父母的那群男孩(只招收男生)是如何恣意挥洒着他们的年少轻狂？父亲那张俊气逼人的照片，又是如何让小城踏着青石板走来的丁香花一样的姑娘流连驻足？

而事实上，真实远比我们的想象要粗糙冷峻，父亲去世后，我在追寻他的人生轨迹时，看到这么一篇回忆文章，是父亲的一位校友写的："来到乍浦后才发现，这所国立学校连校舍都没有。校本部设在徐家祠堂，一年级教室也在这里，二年级教室以及餐厅在齐王庙，而宿舍则设在城外一所楼房至德昌栈行。那时还没有三年级，可能是因为学校是1947年才开办的缘故。因校舍分散，休息时间是由号兵吹号为准的。"

父亲自乍浦毕业，直接就去温州参加工作，再从温州考入复旦大学。此后就再也没有回过那个小城。父亲退休后的九十年代，几次念叨想要故地重游，但我们总是劝他先去未曾涉足过的新地方。妹妹带着他和母亲去欧洲旅游生活了一些日子；我安排他们去香港、澳门；我们总是觉得不远处的乍浦随时能去。直到父亲真的离开我们，我才深悔，当年应当陪着他重回小城，听他讲讲琐碎而充满着世俗喜乐的小城故事。

一天，在看龙应台的《背影》时，看到她承受了父亲去世、母亲失忆的痛苦后，“突然发觉，一扇历史的门关上了，回头去看时，另一扇门也关上了。”我只感到，自己完全体会到了她的那份无奈和凄凉。

有一天，我要去乍浦，虽然早已是沧海桑田，那庙宇，那祠堂，那个小照相馆已被历史的风云吹散而去，但我只想在那里的大街小巷走走，闻一闻这海边古城的气息。一个少年曾从那边走来，带给了我生命和那神秘的生命密码。

许云倩，《解放日报》副刊编辑，作家。

曾经在我们的心里，父母是永远不会老的。为了捍卫这个想法，我们甚至不惜和小伙伴大干一架。我们跑回家里想要听爸爸妈妈亲口告诉我们答案，可也许就在那时，我们第一次从父母的眼中看到一闪而过的尴尬和犹豫，听到的回答也令年幼的我们无比伤心。那时，不知所措的母亲只有轻轻拍着嚎啕大哭的我们温柔地说道："爸爸妈妈还要活很久很久，我孩子这么好这么乖，我们怎么忍心早早走呢……"

——我不是乌鸦

生命是一条河

刘佳俊

每个人的生命是一条河，奔流到海不复回。流经平原，越过山川，彼此以极其微小的几率，在命运的湾流处偶然交汇，或者合流而行，或者在短暂的交汇后又各自奔向了别的地方，最后，分别汇入大海，相忘江湖。

每一次，我总是选择在下午宁静的时候，一个人走进那所院子，然后在傍晚夕阳落下的时候，一个人走出来。那是一所敬老院，我所面对的，是一条古老的河流——我的姑奶奶，当我还是一条小河的时候，她给过我温暖。她曾经坚决拒绝进到这里，可是命运终究把她推向了这个僻静的角落，不幸的晚年让她接连几次遭遇病痛，只能艰难地摇着轮椅，而她唯一的儿子和她疼爱的侄子也都因病走在了她的前面，我父亲去世后，我身体里总有一个声音告诉我：你要去看望她。

在最初来敬老院的时候，她的精力还能让她摇着轮椅在阳光下晒晒太阳，可是随着时间的流逝，这越来越成为一件困难的事情，我很清楚地知道，她的余生将在这里结束，在将来的某一天。

敬老院的院子在一个小区里，不远的外边是一个喧嚣的菜场，临着一条马路。每一次我都要穿越人来人往的马路，经过嘈杂的菜场，然后走进这里。每一次我都需要勇气，去握住那双苍老的手，用生硬的家乡话和她讲一些什么，然后是冗长的沉默。最初的时候，我还能够和她谈一些曾经的往事，那些美好的日子：她在自家的厨房里忙进忙出，我们去做客，父母陪着她说话，幼小的我坐在桌前，等她给我炸龙虾片……这些回不去的日子早就已经成为了渐行渐远的记忆。最初的时候她还能高兴地跟别人说："这是我的侄孙，他来看我了。"然而过了没多久，她的身体就没有余力来回忆了，讲话变得很费劲，我只能用小心翼翼的沉默陪伴着她。她的眼睛已经睁不开，需要用手将自己的眼睑拨开，才能好奇地看到这个越来越陌生的世界，而且越来越认不清人，我知道她生命的大门在渐渐向我关闭。

我曾经非常鄙夷那些将自己家的老人送进敬老院的人，偶尔来望一望，扔下一点钱和一堆水果，我觉得这是最无耻的事情。可是当我看见同一间房里的那些老人，那些痴呆的或者衰弱的，我又觉得自己的鄙夷来得很幼稚。而我自己呢？也和那些人差不多，甚至每次拎的东西都一样，一串香蕉和几块蛋糕，因为我想不出别的，有一次竟也毫无新意地留下一些钱——其实我也像那些被我鄙夷的人一样罢了,仅此而已。这监狱一样的地方,我见过里面惨不忍睹的伙食,老人每一次都安慰我:吃的挺好的。可是当我发现她如此执著和焦急地等待着开饭的时候,我就知道一切响亮的口号和温馨的承诺都是乌有,吃饭成为了她们每一天唯一的大事。有一次,边上另一位有些痴呆的老人见我在喂姑奶奶蛋糕,她就不断地对我叫喊:"阿弟,也给我块蛋糕吧。"她几乎是用生命的全部精力在反复这一句话,我很想给她一块,但是护理和姑奶奶都说:"不要理她,刚吃过。"我没有办法继续待下去,没有多久就离开了,几乎是逃走,可是她的叫喊却一直在我的脑子里久久不散。

最后一次去看望她,因为一些事情,正是自己心情十分低落的时候。我走进去的时候,才想起原来我已经好久没来看她了。我们总是太过在意自己的得失,忽略了许多生命里最本质的人事。她颤巍巍地拨开自己的眼睑,用发光的眼眸看着我,专心地吃蛋糕。那个曾经乐观开朗的老人,如今只能沉默地躺在床上,生命在这里一点一滴地虚耗。每一次来,我都清楚地体会到,这条古老的河流正在离我远去,或许用不了多久,她就认不出我了。

每一次从那所院子里走出去,看着外面的世界和身边的人群,我总是很矛盾,我知道这个世界已经不属于他们,那四方的院子已经是他们的全部,他们离这个世界越来越遥远,这个世界很美丽,但是与他们无关。想到她的过去和今天,我总想跑到什么地方去大哭一场。对未来我并不乐观;可是,我又会很庆幸,庆幸自己还年轻,还能在这个世界走来走去,外面的阳光还属于我,只是总会不由地去怀疑,我们今天苦心所追求的浮华之物,真的那么重要吗?

今年中秋节，我和朋友路过敬老院，因为朋友在，所以就没有进去看她，自己心里也自我安慰：过几天就是国庆放假，可以过来看她的。然而第二天，我就接到亲戚的电话，姑奶奶走了。一念之差，天人永诀。她终于用完最后的力气，奔向大海，关于她生命的一切信息，都将隐匿于天际。

我相信，每个人的生命是一条河，奔流到海不复回。我会永远感谢她，感谢她在生命的暮年曾用浑厚的河水滋润过我这条年轻的小河，我今后的生命里将永远有一些来自她的水。我愿在生命的途中欣赏那些美丽的风景，寻找和珍惜与每一条河流交汇的可能，让自己的人生变得丰富，不留遗憾，然后在未来的哪一天，奔向那些离我远去的亲人们——如果这也算一种人生的话。

刘佳俊，网友，编辑。

五一假期的最后三天,父亲带着我一家三口外地游玩。

我没有办法揣测父亲回到家后的第二天才得知祖母早在三天前去世时的心情。

之后的这么多年我也从来没有敢问过他。

家里其他人对于不打长途过来通知的理由是,即便知道了,我们也无法立刻赶回。而我父亲的动过手术心脏从来不是最好。

依稀记得走之前医院的报告一切正常,奶奶正在康复中。

大礼当天。

献花和致辞的时候我都没有流泪。

躺在玻璃棺下的老人不像我的祖母。她生前我从未见这位苏北老太化过妆。

悼词里的老人也不像我的祖母,她的一生很平淡,平淡到我根本分不清他们说的究竟是不是她了。

棺材要上钉子的时候我端详那阖上双眼的面容。

一个旁人听不见的声音在我的脑海里就说了句:

再也见不到了。

我再也没有办法抵挡眼泪。

楼上的邻居阿婆过来靠在我身边,她早就开始她的哭泣。

我本欲和她打个招呼,但是脱口而出是我自己不成声的一句"奶奶"。

老人用苏北话安慰我:"今天不喊,闺女,今天不喊。"

我姑母们撕心裂肺的哭喊让我觉得更加难受了。

我想象中的葬礼是安静和哀悼的场合。

我却没想过这哭泣会是我没有办法止得了的。

问我是否对于没能见到她老人家最后一面是否遗憾实在是愚问。

生命中充满了太多的"未能在"和"未能及"。

我遗憾的是当我们都在的时候,为什么我却没能够做到最好。

——Yan

依依亲情

章慧敏

父亲离世已有二十多年，可不知为什么，我经常会在梦中与他相会。梦境中那一幕幕的剧情从来就没有演绎过悲伤。每次醒来，我对自己说，昨晚我们又相见了，这感觉真好。

有人说，已故的亲人走进你的梦中，那叫“托梦”，说明有什么需要你去办的事情。父亲会有什么需要呢？如果有的话，那也一定是想我了。其实，我也思念父亲，难以置信的是，父女俩都分隔二十多年，在我心目中，他的形象竟一如昨天般饱满和生动。我想，除了心底深层对父亲刻骨铭心的爱，再没更好的解释了。

早年，我看过一篇血型推论的文章，说是 A 型和 B 型结合的夫妻最美满，他们的子女必定聪明、能干、有所作为……

不管这理论有没有科学依据，我是极愿意相信的，因为我是A母B父的结晶，理所当然应该是聪明、能干、有所作为的。于是，我对自己有了信心，只可惜这自信来得太晚。

我家人口简单，父母亲和我。现如今，这样的三口之家比比皆是，而在我们那个提倡“光荣妈妈”的年代里，生一个孩子的极少。这一来，我是否是父母亲生？又多了一层嫌疑。从我有记忆起，好事者就不断地启示我去自己解开疑团，而我的父母也实实在在告诉过我，他们是在弄堂口的垃圾箱里捡起了我，为了把我洗干净，足足用去了两块香肥皂……

任凭别人怎么说，在这个问题上我是太沉得住气了。听过了，不过“嘿嘿”两声傻笑，我干吗要自寻烦恼呢？把我从母亲肚子里用产钳拉出来的是父亲医院里的老院长，等我长到能趴在父亲的办公桌前学他的样给病人“开处方”时，老院长常常会出其不意地点着我的鼻子说：“我钳子钳在你的额头上，又没钳在你鼻子上，怎么鼻头塌得来？怪不得你刚出生时，护士抱给你妈看，她见这么难看的小囡，一挥手，看也不要看。”

就凭这一点，我肯定是父母嫡嫡亲亲的亲生女儿了。

在我印象中，父母并不十分宠我。读书时，那裤腿也是接了又接，那补丁也是摞了又摞，新皮鞋永远只能在逢年过节时穿，皮鞋的尺码也就永远不能和脚的增长速度成正比了。

其实，父母为了提高我的素养，还是舍得下本钱的，尽管他们选择的内容绝非我本人的意愿。

我五岁时就被送去私人芭蕾舞学校学习芭蕾，至今我还保留着一张在延安中路的儿童剧院演出的说明书，它是我第一次正规演出的记录，我那时扮演的角色也是有名有姓的，在《灰姑娘》的舞剧中，扮演小仙童。

在所有的演员中，我的年龄最小，仅仅五岁。遗憾的是，这么一次公开售票的正规演出，我却出了洋相：我是打头的小仙童，一出场，那强光照耀得我眼花缭乱，这可是我自出娘胎从未见过的世面呀，心里却还在躁动，惦念父母答应送我的花篮带来了没有？然而，台下一片漆黑，什么也看不见，越是看不见，越是想看，于是把指导老师规定我站定而划的白线忘记得一干二净。我站住了，身后跟着的一串小仙童也站住了，当我跪下把手中的纱巾往台上覆盖时，分明看见那根白色的指示线离我很远很远。我“噌”地站起身，跑到白线前再去重复刚才那个下跪的动作，全然忘了身后还有一串“尾巴”呢，真是乱了套了。

演出结束，一辆三轮车送我们一家三口回家。我夹在父母中间，俨然小皇后一般。直到睡觉，那紫罗兰的乔其纱戏服也不肯脱掉，脸上的口红、胭脂也不愿抹去。可惜第二天醒来，戏装早被脱掉了，脸上也洗得干干净净，一切都没了。

小学四年级，父母又送我去上海市业余青少体校练自由体操。我从小长得胖乎乎的，教练于是给我起了个“小皮球”的绰号。训练时，站在一列，别的小朋友都精瘦精瘦的，唯有我凸着肚子，好自卑。好在教练宠爱我，说我长得像她的女儿，而她的女儿在北京。这一来，我便处处受到“优惠”，别人上高平衡木，我在低平衡木上练；别人空翻至少三只以上,我只翻一只;别人在高低杠上花样百出,而我难得有个难度动作,教练早在杠下护驾了……等到别人都从三级升为二级运动员了,我还在原地徘徊,这不等于留级了,干脆溜课得了。

杜丽娘、玉堂春、王熙凤、姜子牙……都是我那时"逃学"时结识的朋友。父母给我的车钱全叫我花在小人书摊了。一分钱看一本或两本,我不记得自己究竟租过多少连环画,坐过多少小人书摊?

时光如流水,等我意识到自己的童年是金黄色时,红色海洋淹没了一切……从此,我家没安宁过。终于,父亲支撑不住了,住进了自己的医院。他患的是胰腺癌,可一开始就被误诊了:当他全身皮肤蜡黄时,说他得了肝炎,被隔离了起来;当他全身泛出绿色,又说他得了胆囊炎。

父亲日渐虚弱,瘦得胳膊上的皮肤无力地挂在那儿。这种时候他还唯恐我们母女为他担心,悄悄地对几个相处不错的同事说:"我胆囊造影120分钟不显形,说明有问题,你们是不是往坏的方向想想,不要总纠缠在胆囊炎上。"

父亲始终没把癌字说出口,说明他对生的渴求,哪怕他活得并不舒畅、并不轻松。

说好第二天父亲要"剖腹探查"。前一晚上,我坐在父亲的病床上,没心没肺地说:"爹爹,没什么了不起的,即便你得了癌症又怎么样,癌症就是怕开朗、乐观的人,而你就是这样的人……"

父亲不住地"嗯"着,他是把女儿表达了的和表达不清的感情照单全收了。那时,我真觉得自己的这番话已经扭转了乾坤,绝想不到这全是一厢情愿。

第二天的手术仅仅做了改胆道一项。据说胰腺上那个肿块有鹅蛋般大小,一碰就有生命危险。手术后,父亲化疗,吃又苦又涩的中药,听信偏方……我深信他是为了我们母女想尽办法活下去,可他终究敌不过病魔。

在父亲最后的几个月时间里,我再也不想离开他的病床了。我一天三顿陪他吃饭,他吃什么,我吃什么。只不过他仅仅是尝尝味道。我总以为,这温馨的氛围会永远保持下去。

弥留之际,父亲一手一握母亲和我的手,紧紧地,到死也没松开。那手依然温暖、柔软。我怆然沉思:父亲一生治愈了多少病人,却没人救得了他。

父亲死后,我进了一家纺织厂,尽管我从小梦寐以求的愿望是当个像父亲那样的医生,希望成泡影了。从进厂的第一天起,我就拎着父亲遗留下来的那只长方形的人造革包上下班。

包实在是太旧式了,当时就没人拎,可我睹物思父,钟爱备至。我记得,每天傍晚父亲的自行车铃声在大门外一响,我就急匆匆奔去开门,迫不及待地从他的车笼头上取下这只拎包问:"爹爹,里面有什么?"他总是慈爱地一眨眼:"自己看。"

我至今保存着的几百枚毛主席像章,就是从那包里今天一枚、明天两枚这么集起来的。在学校里,我因为是"黑九类"子女,连毛主席语录都拿不到,可我家里早就有了病人断断续续送的十几本毛主席语录……父亲是个好医生,他不仅医道娴熟,而且善良、温厚,从不给病人看冷脸,病人们都愿意找他看病。他的包集满了病人对他的深情厚谊。哪怕给他一粒糖,他也不舍得舔一舔,一定要带回来给女儿尝一尝。我理解,父亲除了向我表达舐犊之情,他还想告诉我,他被社会承认着……

世事沧桑,今天,我已是一名作家,用作品参与社会,并且靠自身努力撑起了一个像样儿的家。我多么愿意和父亲分享这成功的喜悦,可是,我无法向他叙述,无法向他撒娇,无法让他像天下父母一样在亲朋面前摆摆女儿的“谱”。这是我永远的酸楚。可是,我宁愿相信父亲知道我成长的点点滴滴,不是吗?他时不时地走进我的梦境之中,感应着我的自信和自豪,他收获的是父亲的欣慰,因为他看到女儿和他一样,是个被社会认可的人。

章慧敏,中国微型小说家学会理事、副秘书长,作家。

当妈妈的化妆台上出现预防健忘症的剪报，爸爸偷偷在卫生间自己给自己染发，这个时候，他们的身边最需要子女的陪伴。我们可以用最欢快的声音跟妈妈说道："妈，今天我会带一个你最喜欢吃的核桃派回家"，或是跟父亲说："爸爸有了白头发也很帅，就像外国影星一样"。这种聪明的称赞和关心，会给父母很多勇气。"让父母开心而年轻，就是最好的孝道"。

——长空悲怆

遗憾总和伤痛相伴

方　金

遗憾总和伤痛相伴，要说或写出遗憾，就必须揭开尘封的记忆下那令人不堪回首的伤痛。

记得三十二年前，一个年初二的凌晨二点，朦胧中被父亲唤醒：快起来，你祖父可能不行了。一会儿，救护车来了，我和父亲合力把祖父抬上车，去到医院。其实祖父已经不省人事了。

医生给祖父注射了第一支“强心针”。祖父醒来后，拉着父亲的手说：把我的平反通知拿来。父亲让我马上回家去取。当时气温是零下四度，路上都结着冰，我刚考上初中，下意识里觉得，这对祖父很重要。一路磕磕绊绊回家，拿了就往医院赶。推开病房的门，刚好看到护士把白布盖住了祖父的脸……父亲是个军人,从我记事起就没见他流过眼泪,他默默地对我说:给祖父打了第四支“强心针”后,他让医生别救了,因为祖父握着他的手已经松开。父亲不想再让他受痛苦,只想让他安详地走。我的眼泪夺眶而出,我恨自己,为什么不能再跑快点,为什么滑倒后起得那么慢。当时就觉得心已结冰。其实当时我并不明白,一张“平反通知书”对祖父意味着什么,直到若干年后,看到这张通知书一直放在祖父的祭台前,祖母才告诉我:祖父生前是上海某高校的教导主任,文革期间因为成分问题,被打成了“右派”同时也剥夺了他教师的资格。祖父几次急救入院,但都挺了过来。那年“平反通知书”送达,祖父只是长长地叹了口气。还嘱咐祖母:补偿款不要去拿,国家还很困难,“平反通知书”一定要保管好,有一天要让他带走……

在我心里祖父不是什么伟大的人,也没有什么轰轰烈烈的事迹可以描写,他只是一个临死都希望自己是个好人,希望家人能知道他是个好人的人。这就是我的祖父,一个每年清明都让我无法正视,抱憾终身的祖父。

方金,影视制作人:连续剧《英雄虎胆》《血未冷》电影《宝鼎英烈》网络电视《钱多多嫁人记》。

给可爱的女儿：

爸爸和你玩了好多次躲迷藏，每次都一下子就被你找出来。

不过这一次，爸爸决定要躲好久好久。

你先不要找，等你十六岁(还要吃完十次蛋糕)的时候，

再问妈咪，爸爸躲在哪里，好不好？

爸爸要躲这么久，你一定会想念爸爸，对不对？

不过，爸爸不能随便跑出来，不然就输了。

如果还是很想爸爸，爸爸就变魔法出现。

因为是魔法，不是真的出现，所以不犯规，爸爸不算输。

爸爸的魔法是：趁你睡觉的时候，跑到你梦里大玩游戏；

在你画图画爸爸的时候，不管好不好看，你觉得是爸爸，就是爸爸；

当你拿爸爸的照片看时，爸爸也在偷偷的看你……

要记得，爸爸一直都陪着你！你已经是六岁的大姊姊了。

爸爸要拜托你一件事，要你照顾和孝顺爷爷、奶奶和妈咪，

奶奶冬天的时候手会开裂，要把澳洲绵羊油从秋天就给奶奶的手涂上；

爷爷糖尿病血糖很高，你要乖，不能惹他生气，每天提醒他吃爸爸从日本带回来的桑纳休，聪明的你一定知道，就是那个绿色的瓶子；

妈咪工作忙，不爱吃早餐，你要记得让她每天吃牛奶面包鸡蛋；

看你是不是比爸爸以前做得好？

有多好，妈咪会告诉你的。

爸爸猜想，我们这一次玩躲迷藏要玩这么久，爷爷、奶奶、妈咪有

时候看不到爸爸，他们一定会偷哭。

偷哭就是犯规、就是失败。

他们偷哭，你就要逗他们笑，不然游戏输了以后，他们一定会哭得

更厉害了。好不好，宝贝？

我们是同一国的，来比赛看你厉害，还是爸爸？

准备好了吗，比赛就要开始了！

——网友

遗失在追寻的路上

黄思瑜

闲来无聊，在音乐的陪伴下翻看着一张张已有年岁的照片，不禁用指尖触摸着上面满脸喜气的人儿，然而那微扬在唇角的笑意却有着些许黯然，催化成一阵阵苦涩翻涌在心头。飘飞的思绪也早已在过往与现实间游离，只是不知道是耳边音乐节奏太慢，还是思维太过迟钝，记忆总在脑袋的缓冲中卡带，并反复重温着某些让心收紧的片段，似乎在逼迫自己以某种自残的方式加以赎罪，以减轻那深扎在心底的不可原谅的痛。

照片中那永远笑露龅牙的人儿，是最爱我也是被我伤得最重的奶奶，而随着成长步伐的迈进，悟道的渐宽，我也最终要为那些伤痕背负心灵的十字架。如今,和奶奶只能相见于照片,物是人已非的悲剧总是让那些无法挽救的情感深陷记忆的囹圄,让生活色彩充满凝重感。而让我更加碎心的是,这些亲情的黑暗地带却讽刺性的源自于我对亲情的一路追寻,似有悲哉。

六岁那年,我的生活开始改写。每日嬉闹于父母身边的弟弟和我,因父母出外打工受托给奶奶照顾。于是我和弟弟便成为社会普为关注的一大群体的成员——留守儿童,这更意味着我们的父爱母爱将在一定程度上被奶奶的亲情取代。虽然这对于那时仍处于儿童时期只知玩闹的我来说,还并不意味着什么,但是随着自己的不断懂事,我渐渐发觉自己与同龄人所体验的亲情的不一样,心理的差距感与对父爱母爱的渴求感也便逐渐产生。当同学放学欢天喜地奔向父母怀抱讲述一天学校生活的时候,我只能沉默地面对步履蹒跚的奶奶;当看到邻家孩子每日都在父母的教导下完成作业时,我遇到难题只能四处奔跑求救大叔大婶;当看到同学在学校炫耀妈妈新缝制的衣服时,我只能盯着被奶奶缝补得四处凌乱的衣角……这样的差距感,愈发点燃我心里对父爱母爱的渴求,以至于让我在无意间忽略了奶奶给予的疼爱和关怀,一味追寻着爸妈的疼爱。

每当过年的时候,我就会时常站在村里通向外面的那个路口,找寻着爸爸妈妈的身影,奶奶也总是会蹒跚着过来牵着我一起张望,直到天黑。终于某一天,眼中出现那熟悉的身影时,我便如同脱兔般奔向爸妈的怀抱,并在新年的这段时间如同胶漆般粘贴着爸妈,奶奶却是看在眼里喜在心里。但是年少懵懂的我,却因为要将平时在同龄人那里所渴望的缺失补救回来,在爸妈面前不断叨叨着同学们的新奇玩物,并提出各种虚荣的要求,这时奶奶总会以浪费和不实用过来插嘴阻止。而这总让我躁动不安,不断朝奶奶大喊大叫,甚至为了获得自己的所需,我有些夸张地向爸爸妈妈诉说奶奶如何不好。这也曾不可避免地引起了妈妈和奶奶之间的不和,让奶奶一时背负着虐待孙儿的罪名。其间,虽然察觉到奶奶时不时擦抹眼泪,晚饭喝点汤就躺下睡觉,但是我总认为过两天就没事了,仍旧把玩着妈妈买的礼物。

或许总认为很多事情很微小,不会留下痕迹,所以总是无谓地制造出更多的事端。随着经济水平的提高,科学技术的发达,村庄里开始装起了几部电话,我也因此能够隔一段时间听到爸妈亲切的声音。记得有那么次,我因为成绩退步,又和同学发生冲突,在电话里对着妈妈泣不成声,直嚷嚷着让妈妈回家。奶奶也抹着眼泪,安慰我妈妈暂时走不开,有奶奶也是一样的,但是我却对着奶奶大声责怪她的无用、无知,这让当时抹泪的奶奶瞬间僵化了一样,在场的邻居也立刻阻止我的叫骂,教训我不懂规矩。那一天奶奶没有吃饭,坐在房间里沉默了一天,并一个人喝着闷酒。无规矩的我却固执不去叫奶奶吃饭,自己吃了饭直接上床睡觉了,因为我知道明天早上奶奶依旧会早早起来帮我备好早饭。

如此之类的事件在奶奶和我的生活里总能不断上演,我早已习惯为家常便饭,但是我不知道对奶奶的肆意伤害也早已在日积月累,最终成为不可挽救的罪责。那年我读初二,弟弟读初一,我们学校实行的是全部学生寄宿制,但是因为学校的大锅菜味道实在不好下饭,所以周末总需要从家里带一些耐放的菜去学校。由于弟弟也是一样的少不更事,总是挑荤不吃素。那个周日中午弟弟依旧嚷着要带荤菜去学校,但奶奶刚好那些天手头有些紧张,无法满足弟弟的要求,弟弟也便赌气,怎么都不去学校。然而,偏激的我却将所有的罪责推向奶奶,说那是她一直娇惯弟弟的结果,要是爸妈在便不会这样。即使奶奶哭诉着说,她不疼孙儿疼谁呢,自己已经老了,做不了什么,只能尽力让孙儿吃得香穿得暖。可是当时愤愤不满的我,还是在甩出几句狠话后就背起书包去学校了。可是,到周二我便从同学妈妈的口中听到一个晴天霹雳的消息,奶奶已经离我们而去了。恍惚中赶回家,奶奶已经入殓,无缘最后一面。我只知自己当时泪如溃堤,奶奶八年的关心和照顾,我和她的最后一面却是以责怪结束。

奶奶的死因是胃出血,据医生诊断,是因为平时空腹喝白酒太多,胃已经严重损伤。喝酒!平时自己惹奶奶不开心的时候,奶奶总是不吃饭在房间会喝点酒,难道……我不敢往下想,整个人已经木然。如果我懂事一点,如果我好好珍惜眼前的亲情,平时好好体贴关心下奶奶,是不是能够有更多时间直接触摸到奶奶露着龅牙的笑脸。可是一切都晚矣!只能在内疚和自责中追思。

本以为自己在竭尽全力地追寻那完整的父爱母爱,本以为自己对亲情有着高度的重视,但是殊不知那种所谓的追逐太过惘然,不如先将身边人好好珍惜。正如,一些人总以为孝敬父母需待到财力丰厚,才能表达孝心。殊不知,平日里多回家,多沟通,多关注父母状况便是给予父母最大的安慰。

奶奶给予我的已不仅是关心和照顾,更有着对亲情的正确对待和珍惜。那些曾经因年少无知给奶奶带来的伤害，虽然常如大虫般啃噬着我的内心，但是也时刻警醒我用一颗有爱的心去对待爱我和我爱的亲人，让我在追寻亲情的路上不再有遗失。

黄思瑜，上海证券通投资资讯科技有限公司网站编辑。

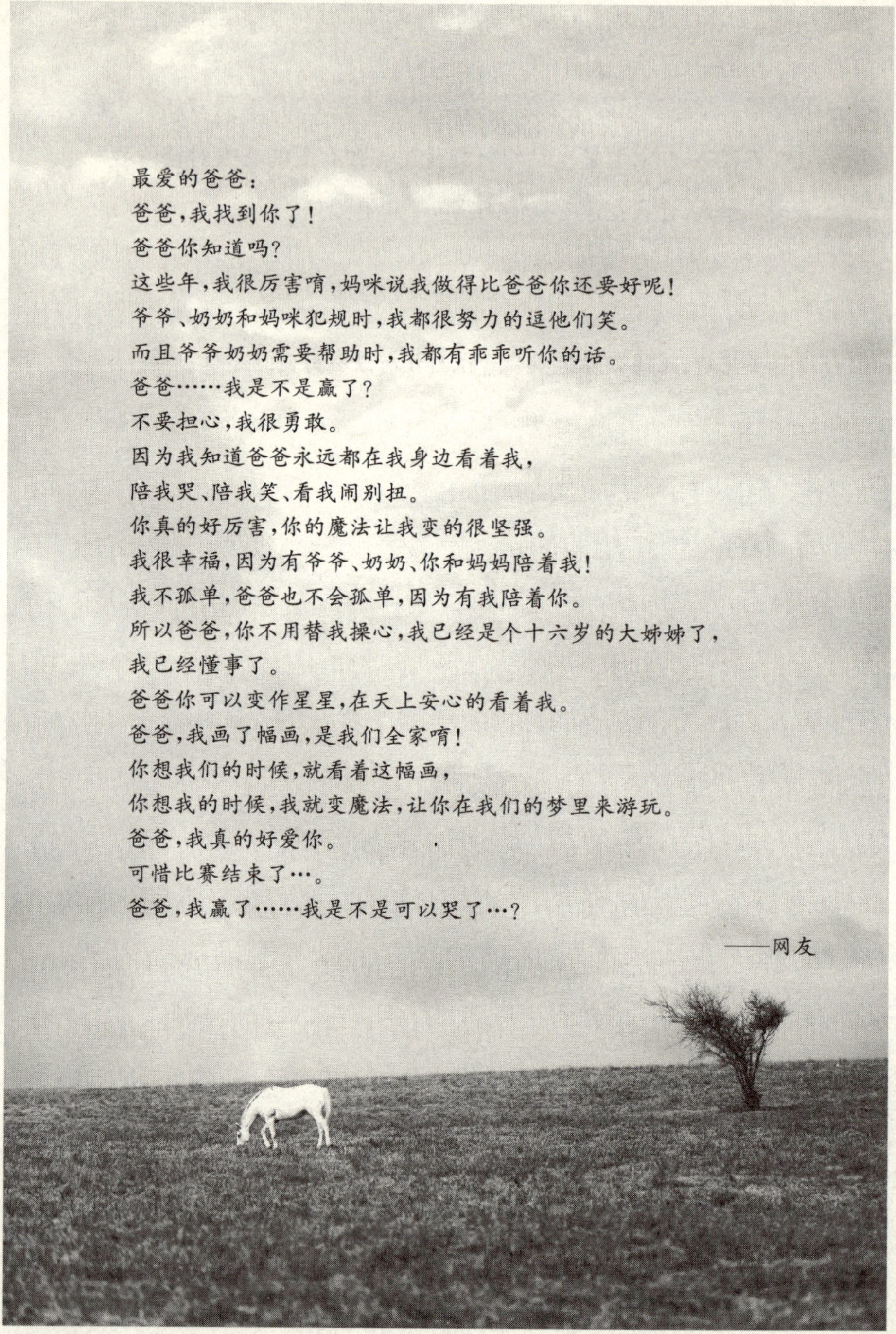

最爱的爸爸：

爸爸，我找到你了！

爸爸你知道吗？

这些年，我很厉害唷，妈咪说我做得比爸爸你还要好呢！

爷爷、奶奶和妈咪犯规时，我都很努力的逗他们笑。

而且爷爷奶奶需要帮助时，我都有乖乖听你的话。

爸爸……我是不是赢了？

不要担心，我很勇敢。

因为我知道爸爸永远都在我身边看着我，

陪我哭、陪我笑、看我闹别扭。

你真的好厉害，你的魔法让我变的很坚强。

我很幸福，因为有爷爷、奶奶、你和妈妈陪着我！

我不孤单，爸爸也不会孤单，因为有我陪着你。

所以爸爸，你不用替我操心，我已经是个十六岁的大姊姊了，

我已经懂事了。

爸爸你可以变作星星，在天上安心的看着我。

爸爸，我画了幅画，是我们全家唷！

你想我们的时候，就看着这幅画，

你想我的时候，我就变魔法，让你在我们的梦里来游玩。

爸爸，我真的好爱你。

可惜比赛结束了…。

爸爸，我赢了……我是不是可以哭了…？

——网友

假如时光能够倒流

陈月萍

在记忆中外公和外婆的相处从来都是磕磕绊绊的，外婆非常疼爱比她小 12 岁的弟弟，常常瞒着外公拿钱接济自己的弟弟。外公每每知晓后两人总是闹得不可开交：“你弟弟有工作，你自己不挣钱也算了，凭什么拿我的钱做好人啊？”外婆自知理亏，但也不示弱，你一言我一语最后两人常常以互不理睬收场，我在一旁是心惊胆战。

母亲在我很小的时候就因医疗事故去世了，是外婆用她全部的爱抚育我长大，所以外婆温暖的怀抱就是我的避风港，因此我容不得任何人欺负她，看到外公指责外婆的样子我就很讨厌。

后来外婆的外甥从农村考进了北京外国语大学，这个在外婆眼里了不得的外甥自然成了她的心头肉,每个寒暑假他都住在我们家,外婆无微不至地照顾着这个宝贝外甥,甚至超过了对外公,外公由此对外婆愈加不满。渐渐地外公对家不再留恋;最后发展到和昔日的恋人重修旧好,外婆知道真相后不停地骂外公是个不负责任的坏男人,还让我见了外公也不要再理睬他,我自然对外婆言听计从,要知道当时我只是个10岁左右的小孩,哪有什么辨别能力,现在想来好可悲啊!

听说外公在和自己的老情人相聚不久后又不知为何闹翻了,他也不好意思回家,最后去了乡下的侄子处生活。而他的侄子在骗光了他的钱财后开始嫌弃他了,最后外公在郁郁寡欢中离开了这个世界。

不知何时起每每想起外公我就会心痛;那时自己多不懂事啊!年轻时的外公烧得一手好菜,后来又开了饭店挣了不少钱,记忆中的外公会拉二胡、吹笛子、满阳台姹紫嫣红的花花草草、盆景、假山……都是他的杰作。而外婆大字不识,整天唠叨,还有对娘家人近乎病态的付出,如今想来对外公也真是不公平,两个性格如此迥异的人儿痛苦地生活了那么多年,没有谁对谁错,只是造化弄人,让两个原本不该结合的人偏偏做了夫妻。

耳畔听着庾澄庆的《春泥》忽然就泪如雨下了:

那些痛的记忆

落在春的泥土里

滋养了大地

开出下一个花季

风中你的泪滴

滴滴落在回忆里

让我们取名叫做珍惜

让我们懂得学会珍惜

是啊，爱与恨都成了回忆，时光也不可能倒流。

外公，假如有来生我一定会珍惜我们之间的祖孙情，只是啊！年少时太过懵懂，生命中留下的这份遗憾成了我记忆深处永远挥之不去的痛。

陈月萍，网友。

我们也许就是那个在别处受了委屈，回到家对父母大呼小叫的人；我们也许还总是对父母的关心露出厌烦的表情……

我们唯独没有做过的，大概就是安静下来好好地体会一下父母的真心了。

而这，又是一件等不起的事情，谁也不知道上帝什么时候会突然带走他们，

等到我们猝不及防地哭泣时，一切就只剩下悔恨了。

——胡萝卜Q

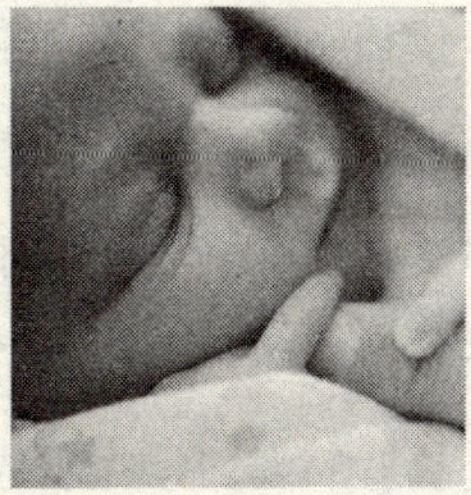

那年少无知轻狂的伤

万斋的媚儿

在十年前的时候，让我来写这样的文字，我是写不出来的。真的是应了那些话，等到一定的年纪，那自然就明白了亲情的重要性。那些无法割舍的感情，血浓于水的感情，在心里汇聚在一起，交织成一张密实的网，而我就是在那张网里面。并不是觉得不快乐，或者是无法呼吸，而是更觉得那是不可推卸的责任，用自己的肩膀，承担起自己该承担的责任，虽然有的时候，我们的肩膀还是太稚嫩，但是，再苦再累，我们都是愿意努力地承担，因为那就是不能割舍的亲情。

一直在后悔，曾经的自己，年少时候，觉得亲情是最廉价的东西。不管我是否珍惜，反正他们是一直在的；无论自己是怎样的任性，他们都是会无条件地包容我;哪怕是做得再错,只要一认错,就又重新被接纳。我为曾经这样的自己而感到羞愧,这些是一直不曾讲过的话,因为有的时候,即使是在心里,都无法面对自己曾经所做过的错事。其实再早两年的时候,自己依然还是不觉得亲情对于我来说,有什么重要性,直到去年,我的外婆去世。她已经九十岁了,应该也算是长寿的人,但是,珍惜她的人,一点都不觉得九十岁就是很大的年纪,一直都是不想她这么早就离开我们。我母亲只要一提起我的外婆,她的母亲,她总是要忍不住落泪。在她的心里,她一直不能想象,我外婆不在了,她以后该怎么办。或许九十岁的外婆思路不是很清晰了,可是,每当母亲心里受了委屈,多少还是有一个可以说知心话的人,那些不能讲,或者不想讲的话,至少她还可以讲给我的外婆听,那样,心里至少也会有很多的欣慰,至少,我外婆还是一直在她的身边的。

小的时候,我经常会去外婆家,我的表姐妹也是如此。童年在外婆家的日子很多,对别的人或许也是没什么感觉,但是,对外婆,一直都是很亲昵的,大家一直都是如此,她是勤劳能干并且很善良的老人。

在我的外婆去世之前,其实我也已经有好几年没有见到她了。内心总是充满了内疚,或者是矛盾,然后一拖就是多年。在外的心情,也只能是自己体会,那样的情感,不知道是单薄还是浓烈,自己都是无法诉说的。然后最后的最后,听见的却是我外婆的噩耗。见最后一面的时候,她已经什么都不知道了,在重症监护室里,她真的老得认不出来,已经不再是记忆里曾经的样子。我心里曾经还想着要怎么怎么地对她好，可是，时间总是不等人的，在我还在踌躇的时候，我的外婆，已经走到了生命的尽头。一方面心里是在接受这样的事实，告诉自己她真的老了，总有一天她是会这样的走完她的一生，而另一方面，又是不能接受这样仓促的离开。曾在心里这样对自己说，以后要对她很好的，可是已经再也没机会了。失去至亲的人，内心的感受，相当的痛，可是自己又无能为力。

然后现在，我总是很在意家里人的事情，把他们的事情总是先放在前面，因为我怕有一天会是子欲养而亲不在，这样的局面会让人痛心，那种无能为力的感觉，只有经历过的人，才能够体会。

在写这段文字的时候，眼睛里总是很热很潮湿，仿佛是触动了内心那根最脆弱的弦，那些隐藏在内心的感情，不想被外人知道的情感，很酸涩，也很痛。

万斋的媚儿，网友。

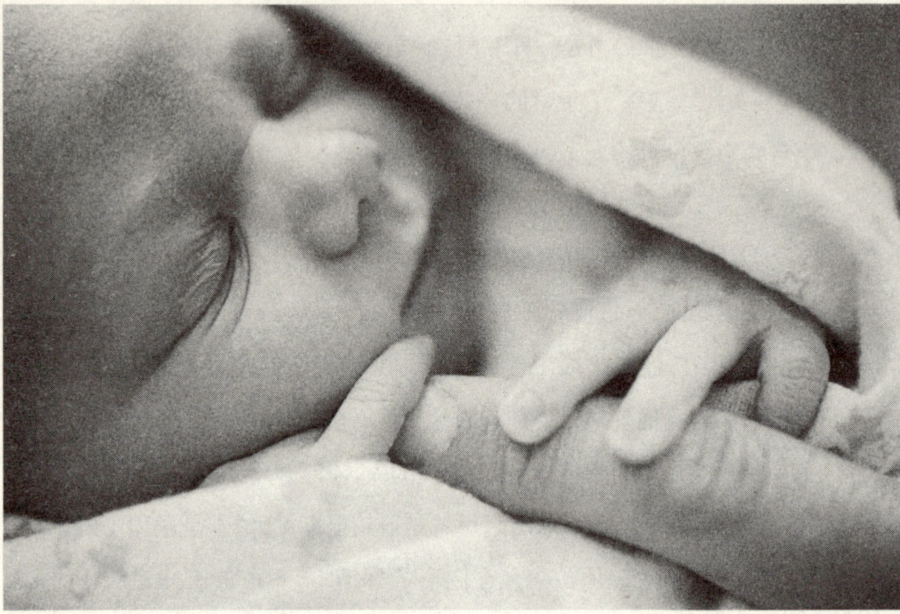

孩子：

现在我常忘了扣扣子，系鞋带。吃饭时，会弄脏衣服，梳头发时手还会不停的抖，不要催促我，

要对我多一点耐心和温柔，

只要有你在一起，

就会有很多的温暖涌上心头。

孩子！

如今，我的脚站也站不稳，走也走不动，

所以，

请你紧紧的握着我的手，

陪着我，慢慢的。

就像当年一样，

我带着你一步一步地走。

——网友

写给曾经的青春

徐　宁

休假在北京，难得的一次小学同学聚会，七个男人的聚会，那些都是熟悉的面孔，即使名字在嘴边徘徊，我依然可以不知羞耻地拥抱他们，然后问：你丫叫什么来着。

好朋友的感觉就是，不必忌讳岁月带来的遗忘，因为，只要俯下身，友谊就可以重拾。

一桌类似工作餐样的菜，我们吃了四个钟头，其实，只是午餐被植入在怀旧气氛当中。

成熟了，没人拼命喝酒，甚至没人劝酒。劝，也许是劝你少喝点。这就是朋友和朋友的区别，有些朋友关心你，有些朋友把心关了后才给你。

三个同学已经去世了，我听到后并没有太多痛苦，也许当初我们曾经一起玩得很好，但时间是最无情的监护人，没有任何打骂已经让你变得心硬如铁。并非我无情，实在是想不起来他们的名字了，即使朋友们一次次告诉我他们长得如何如何，我只能歉意地一笑。

回到家中，我翻出照片，追索着每一张稚嫩的面孔，他们中，有很多我已经叫不上名字，或者听到朋友们说的名字却对不上人。

可惜照片背面没有名字，于是照片正面的人我不认识了。

我依旧在追索着已经逝去的同学的面孔，他们都曾经和我一样，穿着球衣、蹬着球鞋，在冬天寒冷的北京郊区，顶风冒雪地去给冰冷的教室生火，几根劈柴，一簸箕煤球，一本练习册，生火是冬天北京学生的必修课，哪怕你住在皇城根。

火升起来了，烟从穿透教室玻璃的烟囱中冒出来了，天亮了，同学们也陆陆续续来到了。我站在教室门口，手里拎着火钩，向远处张望——那个姑娘，那个骑着“二四”自行车，一身绿毛衣的姑娘也来了，那是我青春期的最美回忆，呵呵，我记得我当时应该笑得很开心。

那边应该不用生火吧，我阴阳两隔的同学，我把我最冷天里最温暖的记忆告诉你们，我知道你们三个会说我矫情。

你们死了，我活着，我说话，你们听不到，但我相信，我的回忆你们能看到，让你们当个笑料笑一笑，算是我这个不尽责的老同学遥敬你们的一铲黄土。

徐宁，南京日报记者。

摄影:赵健雄

小时候

爸喜欢叫我和他一起买菜

遇到卖水果什么的我就直接要

他喜欢买吃的给我

他总是把小手指给我牵着

高中住在姨家了

一次回家

他让我跟他去买菜

我走在他后面

看到他的小手指翘着

一如我小时候牵着的样子

我真的忍不住了……

——网友

我想加倍疼爱您

蒋文佳

外公是在我高三冲刺的时候去世的，我终没有能让他过上舒服安逸的好日子，甚至都没能见他最后一面。

我的爷爷奶奶在我一岁的时候就去世了，那时我什么都没有印象，虽然父母总跟我说爷爷奶奶以前如何如何疼我，但我没有切身的感觉，所以也不觉得有什么。倒是外公、外婆，打我记事起，就是对我呵护有加，疼爱备至。其实外公外婆有许多外孙、孙女，我妈妈有五个兄弟姊妹，那时在农村还没有计划生育的限制，所以大姨妈有四个孩子，两男两女，二姨妈也有三个孩子，都是儿子，到了我妈，虽然开始实行计划生育了，还是按计划生了两个，姐姐和我，都是女娃。在我妈后面，还有小姨妈，小舅舅，家家都是两个子女，都是有儿有女，在重男轻女还在农村根深蒂固的年代，只有我的妈妈连生两个女娃，算是不得待见的，至少不受重视。但我们很幸运，我的爸爸很早就凭着刻苦努力闯出一片天来，他是我们小山村最早走出去的“能干人”。所以我三岁就随妈妈农转非出了那个生我的小山村。不知道是不是由于离开外公外婆早的关系，他们在所有孙子孙女中反而最疼我们姐妹两个，尤其是我，简直是他们手掌心的宝贝，心头的肉一样。

记得我刚进城没两年，有一次外公上山砍柴的时候不慎摔断了腿，还没有跟我们说。过了个把月，同村的人进城来偶遇妈妈，妈妈才知道了消息，趁个周末，带我们回老家探望。老话说“伤筋断骨一百天”，那时的外公还没有好妥，还在床上躺着休养的，见到我们回去，嘴里念叨着已经好了已经好了，来看干吗，却看得出来非常高兴，硬是拄着拐杖到院子里和我们坐着拉家常。后来，妈妈和姐姐帮外婆去园子里拾掇菜地，我陪着外公有一句没一句搭着话，待了一会儿，觉得无聊，就和外公随口打个招呼，手里捧着外公特意留给自己的花红，兴冲冲地从外婆家出来要去大姨妈家找表姐玩。不想转出墙角，迎面就跑来一条大狼犬狗，比我还高，张口就冲我狂吠了一通。本来那只狗可能并没有要攻击我的意思，但我那时年纪还小，一听狗叫就吓得慌了神，兜头把手里的花红朝狗砸了过去，然后没命地往前跑，这下子摸到了老虎屁股，狗飞快地向我扑来。我那时大脑一片空白，就只会尖叫、机械地往前跑。街心两旁的人看见狗追人不停冲我大叫：“站住，站住，不要跑！你停下了狗就不会追你了，快停下！”可逃命中的我一句都没听进去，耳边只有狗叫声，心里只想往前跑。

跑了好一阵，耳边的狗叫声渐渐小了，我也没了力气，腿一软瘫倒在地上，沙石路上尖锐的小石子硌得腿生疼。再回头看时，狗已经掉转头跑了，外公光着一只脚正向自己举步维艰蹒跚地跑来，不停叫着“乖儿乖儿……”原来外公在院里坐着，听见我在外面尖叫，顾不得自己的伤腿未愈，硬是拼着不知道哪里来的气力，冲出来救我。那一刻我看着外公，放声大哭起来，“外公来了，我的外公来了……什么都不用怕了。”外公却由于伤腿没好，又拼了命的来救我，再次骨折，一直到他老人家去世，一条腿都是微跛着的。

但随着年岁的增长，在城里生活惯了，自以为自己变成了“文明”人，开始不愿回到那在我眼中“不文明”的地方去——花山老家，到处是坑坑洼洼，下过雨，就积得到处都是泥水潭子，一走一甩，身上星星点点都是泥巴点子；天晴朗的时候，又灰尘四散，地上到处都是鸡啊、狗啊、鸭啊、牛呀、羊呀、马呀四散的粪便，随空气飘来阵阵骚臭味儿；随处可见脏兮兮的娃娃趴在街边门前的粪草堆旁玩泥巴，鼻涕掉掉都塔拉到嘴边了，一吸，跐溜又回到鼻子里，一会儿又掉出来塔着，更有甚者，会直接吃到嘴巴里，还吧唧吧唧咂嘴，仿佛是多美味的果汁一样。每每看见这些，我都会佯装自己是文明人一样，瘪着嘴巴往他们面前高扬着小脑袋快步跑过……我才进城两三年，就把我和他们，划出了一条界线，不是界线，说鸿沟，更确切些。所以，父母再要我跟他们回老家时，我就总找各种理由哭着骗着不肯回去，对外公外婆的印象也一年年在消减，我渐渐疏远了他们，外公外婆对我的好，也慢慢遗忘在心里的角落。

到是外公外婆随时挂念我们。每到我们放寒暑假，外公外婆总会托人捎信来，要爸爸妈妈送我回去，说是想了。我也没有遂他们的心愿，从我六岁以后的七年时间里，竟然再没回老家一次。

十三岁那年，我大表哥结婚，迫不得已，我又回了老家。见到外公外婆的一瞬间，外公竟然老泪纵横，拉着我左看右看，说是好多年没见了，长这么高了，越来越漂亮了……外公把我带到自己的楼门里，把一个原来小时候给我装衣服的抽屉打开，无数的小虫从里面飞出来，扑头盖脸的，再看抽屉里面，满满装的都是吃的东西，花花绿绿的糖，芝麻花生的糕饼，红的苹果，黄的梨，粉的桃子，黑的核桃板栗……但都是坏的，外公连连叫着可惜，说"谁谁谁给他颗糖，谁谁谁给他个梨他都不舍得吃就放在这个屉子里等你回来吃，怎么就烂了呢，你都吃不到了啊……"脸上满是心爱的孙女吃不到好吃东西的惋惜模样。我抱住外公大哭，那一刻我发誓，今后一定赚很多很多的钱，买好多好多好吃的东西给外公，买好多好多好用的东西给外公，买好多好多好玩的东西给外公，让外公进城住高楼，带外公环游世界，陪外公闲话家常……一定要让最疼自己的外公过上最好的日子，百倍地疼外公外婆。

那以后，我又开始每年吵着回老家看外公外婆，外公生日、外婆生日、寒暑假、清明等等，找各种理由，尽管回去的频率不高，时间不长，还是基本能每年四五次地回去看看老人家们，陪陪他们说说话。告诉他们曲靖现在发展成什么样了，去过的省会昆明是怎样的城市，有什么好吃的，好玩的，电脑是什么玩意儿，看过的一场电影讲的什么内容，现在流行什么歌曲……这些，对于一辈子生活在农村的外公来说，都是神奇的新鲜事物，外公每次听我说这些，都像好奇宝宝一样，睁大着眼睛，不停地问这问那，我总说，等我以后出息了，我带外公玩好玩的，吃好吃的，外公都一直高兴地点头。

那些年，每次我回老家，外公总要带我出去赶趟街子，逢人就说，这是我孙女，小佳，一脸骄傲幸福的样子。十里乡亲都冲我点头，“小佳回来啦？”“小佳长高了。”“小佳来看外公啦？”“小佳最善良了，又懂事，真羡慕和外公外婆的感情好！”小佳，小佳……外公听见别人招呼我，乐呵呵的，就跟喝了蜜一样甜，无比幸福。那时的我也喜欢哄外公开心，我看着他们，无比幸福。

随着升学压力的与日俱增，学业越来越紧张，双休考试，假期补课……我回去的时候由一年四五次，变成两三次，变成一年一次，升上高中后，我都两年没有回去过了。听说外公外婆年纪大了，身体越来越差，尤其外公，近年来随时生病，可每次爸妈回去探望，他心心念念的还是我。妈妈说，每次她回去，外公总是张望门口，看我回去没有，妈说我学习紧张，没有时间回去，外公总是说，忙了好，小佳学习好，身体好，将来考了好大学，找了好工作，就什么都好了，不用挂着他们，回不去看他们也没有关系，话虽这样说，眼里的失望是掩不住的。每当听到这些，我都想，好好学习，等我高考完了，第一件事就是回老家好好陪陪外公外婆。

可外公终究还是没有等到我回去看望他。

高考前两个月，有一天晚上，妈妈做梦梦见自己门牙掉了，妈妈觉得这是不祥的预兆，虽然没有接到老家的任何消息，妈妈还是觉得不安，当天就请了假回老家。我们不以为意，还笑妈妈封建迷信，做梦能预示什么，可妈妈还是回去了，说是一定要回去看看外公外婆。

中午的时候，我放学回家，一开门，爸爸立在门边，像是等我很久的样子，我吓了一跳。爸爸面色凝重地对我说："你外公走了，我要跟着回去，你自己……"后面的话，我一句也没听见，脑海中就只有"你外公走了"五个字在盘旋，我的眼泪不受控制地在脸上流淌……

不知过了多久，感觉爸爸在我肩膀上拍了一拍，而后隐隐约约仿佛听见关门声，我站立不住，跪倒在地上，我的世界一片漆黑，外公！外公真的走了……

多年间，那天中午听到外公去世的消息时那种撕心裂肺的疼痛依然清晰。如今我大学毕业工作五年了，生活越来越好。我的工资虽然不多，但足够买好多好多好吃的东西给外公，买好多好多好用的东西给外公，买好多好多好玩的东西给外公；我买了房子，虽然很小，但也能让外公进城住高楼；我虽然不能带外公环游世界，但起码环游个云南省还是基本可以做到的；我虽然没有大把的时间，但我有双休，有公休，陪外公闲话家常的时间是足够多的……我现在有能力让最疼自己的外公过上好的日子，我想百倍疼外公……

可是，外公早已经不在了。

我再也不可能为外公做这一切的一切，这是我永远的遗憾。

蒋文佳，曲靖市供电有限公司，作家。

当我们一通电话告诉父母要回家的时候，他们激动的睡不着，逢人便说儿女要回来了？父亲忙着买菜，母亲忙着做饭，一日日算着儿女回家的日子。然而，就是这个对于我们很微不足道的一声回家，父母就感到了幸福。这幸福金钱买不到，也不需要金钱购买，但很多时候我们却吝啬给予。只是，生活中很多人和事，一转身就是一生……

——玉古宝

隐藏在心底的眼泪

北草儿

我结婚的那天，是从家乡的酒店出发的。在头一天的深夜十二点左右，父亲和母亲及几个送行的亲人一起，坐在车上一路从河南省那个小城市出发，经过了晕车、呕吐、颠簸、昏睡、寒冷且漫长的四五个小时之后，终于到达湖北武汉市的这个酒店。

早晨六点钟不到，就听到门外有叫喊的声音，原来是父母等一行人早已经起床。只是为了让我多睡一会儿时间，才静静地守在房间里不敢敲门。迎他们进了房间后，我急急忙忙地梳洗一番，然后便连声招呼都没来得及打，就随着哥嫂们下了楼，坐着车跑到镇上赶着时间化妆。

都说嫁女儿就像是泼出去的水,有去无回。做父母的劳苦了大半辈子,眼看着这女儿长大成人,还没有来得及享受女儿带来的快乐,便已经嫁作他人家的媳妇。从此,是受苦还是享福,都与娘家隔开了关系。凡事也均以婆家为重,而对自己的父母倒不怎么在意。因此,父母为此担心着,却也无可奈何。只是希望着儿女们能懂事和快乐。

老公接亲来到的那一刻,我并没有见到母亲。大家闹成一团,嬉笑的、打闹的、抢亲的围成一堆,好不热闹。而父母却悄悄地躲在一边抹着眼泪。我被老公抱走的路上,一直回望着父母所在的房间,只是没有人出来。我知道,他们已经在极力地控制着自己,不想我在这结婚的日子里,流下眼泪。却不知,我早已经任由泪水洒地。

小时候,不常在父母身边,是由外婆抚养成人。直到六七岁左右,又由姑妈照料着。再长到十六七岁时,我一赌气便跑到了离家乡千里之遥的南方。从此,离家远了,心却更牵挂起来。每次打电话回家时,电话的那头总是听到严重的鼻音。父母的牵挂,从来不会说出口,可是做女儿的心里,并非不知。

父母一直以为他们欠着我亲情,所以每次回到家乡里,我总是吃着最好的、享受着最尊贵的待遇。殊不知,我的内心早已经装了满满的他们的爱意。亲情,一直都在,只是不曾说出口的爱。我故作随意地打着招呼,又故作随意地看到他们头上的白发,却再也伪装不了心底的酸楚。

一晃多年过去后,父母渐渐地老去,而我已经嫁为人妇。突然间发现,我在父母身边的日子,总共还不到三年。小时候,不曾在父母身边撒娇、抱着母亲的肩膀入眠;少年时,不曾在他们的身边过年,我猜想着他们的期盼,也是那样的强烈,却从不敢提出这个要求来;青年时,我出外打工了,可是再也回不到小时候。有机会撒娇时,已经容不得我放肆,有心陪着父母过年时,却时间上不允许;后来,成家了,更是没有了机会常陪着父母看日出日落;遗憾便永远地沉在心间,不知道哪一天,或许一家人还能在一起,度过一个团圆的春节。

北草儿,网友。

摄影：步行者

想起有天和我老爸看电视放欧式婚礼，爸爸挽着女儿走进礼堂郑重的把女儿交给那个他的情形。老爸突然说了句，不喜欢欧式婚礼，我辩解道说，很浪漫啊。一向大男子主义的老爸突然温柔无比的说了句，亲手把女儿交给别人的感觉真是不好，这环节不好!! 听得我内心翻滚连连。

——网友

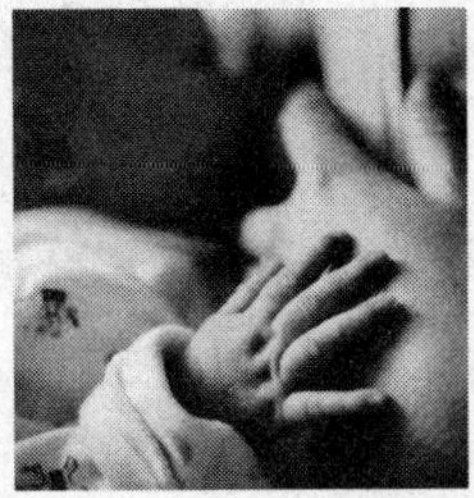

宝　贝

任　青

"妈妈,你以后还会帮我擦背吗?"

"以后可能不会啦！明天你就要去领结婚证书了,变成大人以后要叫你老公帮你擦了……"说着说着,妈妈哽咽了,可是浴室里的雾气太大,我都看不清妈妈的脸,妈妈,你哭了吗?

最近妈妈好像特别敏感,总是喜欢过来抱抱我,亲亲我,或是到我房间里来躺一会儿,然后说:"宝贝,妈妈好爱你哦！真不舍得把你嫁出去",她就像保护一块稀世珍宝一样,把我紧紧地拥入怀里,将我的手放在她的胸口,像是想我把我融化进她的心里,"如果你还是小时候那该有多好啊……"

突然想起了莫文蔚的那首《宝贝》，“轻抚着你的头，睡吧，我在你梦里。不管醒在哪里，宝贝，我记得你……不管何时何地，宝贝，我记得你，我爱着你。”妈妈，此刻你也是这样想的吧。但是抱歉的是，我可能永远都无法实现你这个愿望，因为时间无法倒转，就像无法变少的年轮，只能向前。

转眼间，我已经到了要离开妈妈羽翼的年纪了，这么多年来我一直在妈妈爱的呵护下成长，可是我却曾经那样不懂事，惹你伤心。有人说，人们大多数时候只对有安全度的人发脾气。因为在那个安全度之内，你潜意识知道对方不会离开你。大概就是这个原因，导致我曾经肆无忌惮地伤害最爱我的你，在经意与不经意间，将你的心刺破，刺痛，而每次你又坚强地用眼泪将这些伤口缝补直至愈合。青春期叛逆的年纪里，你一定受了我很多委屈吧，如今却都已经化作你一声声的不舍，让我觉得自己好渺小。

那天听收音机，正是《宝贝》这首歌，我一个人躺在床上，一边听一边流泪。

时间流转，夹杂着我眼前的朦胧把我带回记忆的隧道，让我分不清眼前和过去，虚幻与真实。

墙角堆放着你早早为我准备好的“陪嫁”物品，就在房间的角落，已经堆成了山。每定购一件，你脸上都是笑的，心里一定也有一些酸楚吧。厨房用具、红色床上用品、吸尘器、蒸汽熨斗、拖把……高三补课回来公交车站你单薄的身影，将温暖的热水袋送到我手心里，一路上嘘寒问暖，你自己却冻得瑟瑟发抖……小狗把我的试卷咬破了，我怪你没有看好它，你很无辜却没有和我争吵，第二天爸爸告诉我后来你哭着为我整理箱子……小学的时候，有一次中队长标志不见了，我哭着闹着说没有这个就不去上学，于是你就拆掉自己身份证的外壳，亲手制作了一个“两条杠”的标志……很小的时候，那时我们还住在老式平房里，冬天洗澡没有条件，就支起八角衣架夹着透明浴罩和红色塑料面盆洗澡，然后就形成一个小小的世界，和外面的寒冷隔绝，只有妈妈和我，还有这一世界的温暖……

你说为了筹钱供我读书，已经好久没有买过新衣服了，却又马上转折说自己老了没必要穿得很好。你还说你好想吃一次批萨，因为你从来都没有吃过，却又立即自我安慰地说，那只是外国“羌饼”而已。你还说有很多的梦想还没有实现，我问你为什么不去实现，你说如果梦想都实现的话，活着就没有意思了。妈妈，你是为了我放弃那些梦想的吗？

那些为了孩子能过得更好的父母们，无论是努力筹钱买婚房的，还是用心准备嫁妆的，都是一样的用心良苦，可我们仰仗着“安全度”的法则，嫌他们唠叨、嫌他们烦、还时不时地顶撞他们。出去玩没有带钥匙，父母等着为你开门，打电话问问你的情况，却遭到劈头盖脸的一顿骂；工作找得不好，就责怪父母没有本事、没有路子不能帮你铺好康庄大道；没有交到男女朋友，就怨恨父母把自己生得太丑……

人们总是直到离别的时候，感情才会崩溃，我想真的到我出嫁的那一天，我一定会哭得很伤心吧。可是，二十多年了，我都没有真正为妈妈做过什么，直到我快要出嫁了才逐渐有所领悟，应该还不算太晚吧。星期六，我陪妈妈去莘庄买了新衣服，还请她吃了顿意大利大餐，妈妈高兴极了。对于父母爱的回报，其实是那样简单。不是什么物质上的满足，仅仅需要的是一些时间，一些陪伴和一些感谢。

不管你是不是即将离开父母，都请珍惜他们给予我们的爱吧，给他们深深的一个拥抱吧，告诉他们自己很爱他们，不然以后分开住，想做些什么都很少有机会了。千万不要陷入“明天”再做的理论漩涡中，因为人永远不知道，谁会在哪次不经意的跟你说了再见之后就真的再也不见了。千万不要等到曼珠沙华开，后悔不及。

“妈妈，你哭了吗？”

“妈妈没有哭，妈妈只是有点舍不得……”

“妈妈，让我来帮你擦背吧。”

妈妈含泪而笑，虽然最终妈妈还是没有让我帮她擦背，但在浴室潮湿的空气里依然弥漫着妈妈笑容甜甜的味道。

妈妈你常说我是你的宝贝，你又何尝不是我的宝贝呢？能够成为你的女儿真是我这一生最大的幸福。

雾气朦胧之间，头顶出现了那个用八角衣架架起的世界。

当水蒸气贴着粉红色透明浴罩的脸，我用食指在上面画下你的样子，有取暖器的左边，脸颊被照得通红。当外面雪花绽放的时候，你就在我身边，温暖的笑脸，仔细地为我擦拭背上的每一块肌肤。你笑着将香香的肥皂泡涂到我的身上，汗水打湿了你的衣襟。然后你哼起了儿歌，我跟着附和，感觉自己被一种幸福感包围着，这种感觉究竟是什么呢？

那就是爱，是妈妈对我的爱。

任青，上海电气风电设备有限公司，网友。

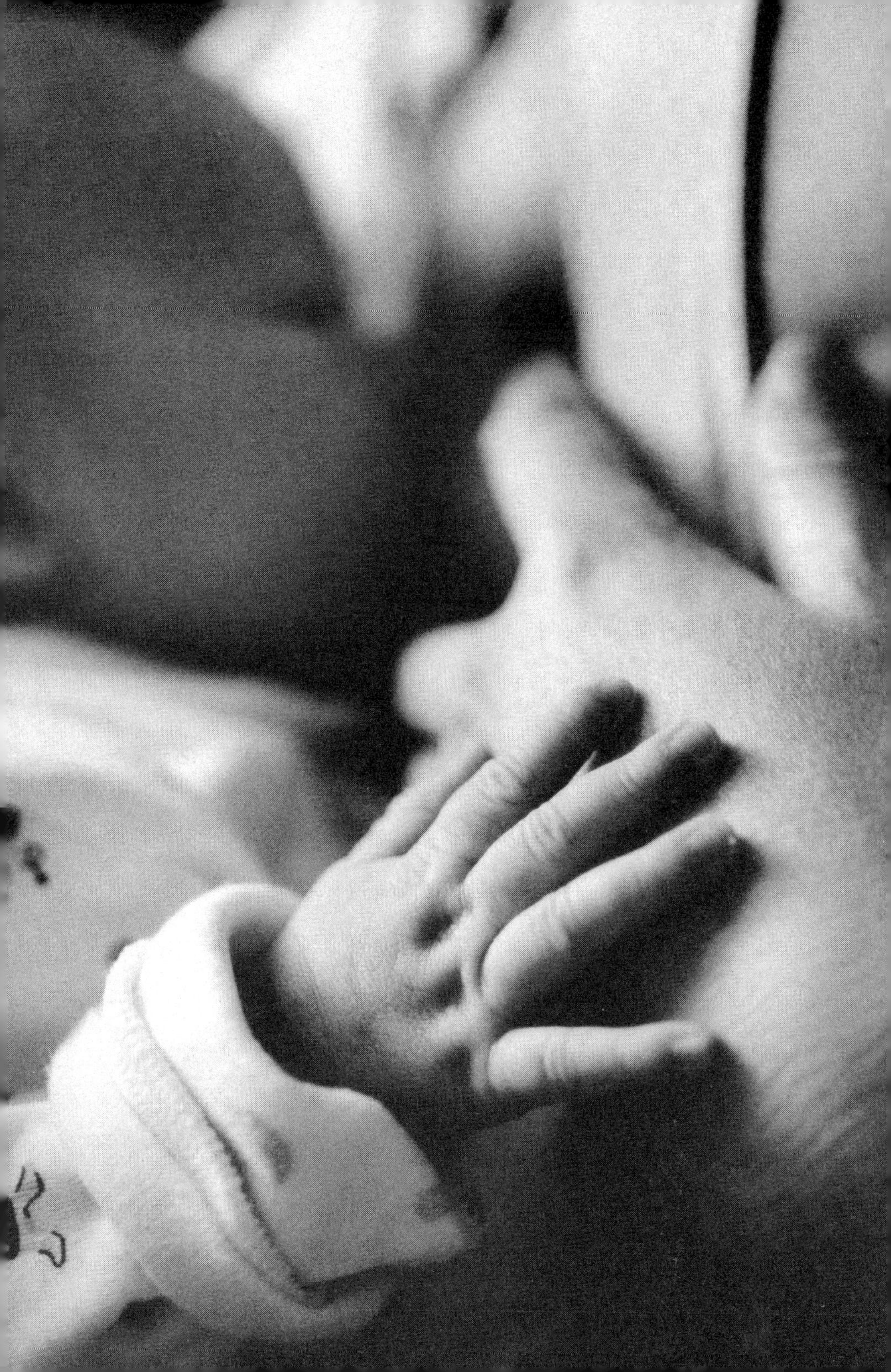

人一生最遗憾的事：陪父母的时间太少，曾经伤害过他们。世上只有一个人可以得罪：你给她脸色看，你冲她发牢骚，你大声呵斥她，甚至当着她的面摔碗，她都不会记恨你……因为她是你的母亲。

——Ramie

如果爱,请深爱

山之遥

如果爱,请深爱!我是多么喜欢这样简洁却又有着大智慧的文字,如果我爱你,我必将付出我隐藏得最深最浓的爱给你,我的爱人,我的孩子,是你们使我的爱有了明确的方向,如果你爱我,也请不要为世事的烦琐所牵绊,请让我感知到你爱的气息,也请你深深地将我拥在怀中,让我为之幸福为之沉醉,为之自信为之安心。

最美好的一生,应该是为爱而生,为了感受爱、体验爱、并将之绵绵不绝地延续下去而温柔存在的。可是,为什么我们却总是感觉到悲凉?难道我们不应该感激生命,感激那个带给我们生命的人吗?

很小时我问父母,我是从哪里来的?他们告诉我,你是从石头缝里蹦出来的。是的,我常常会觉得如此漂泊孤零如那海上的一叶孤舟,寻不见生命的源头,当母亲将小我两岁的弟弟抱在怀中,当母亲让两岁的女儿独自去睡,当两个孩子打架被呵斥的人总是我,当第一次吃白面馒头的是弟弟,我在想,我不过就是一个从石头缝里蹦出来的孩子,注定不讨人喜欢。习惯了一个人,习惯了将心远离父母,习惯了在每一天保持沉默。六七岁时,当那对刚刚结婚的夫妇说给我们做孩子吧,父母与邻居都那样笑哈哈地看着一个小女孩羞愤的表情,他们觉得这多么有趣,却不知孩子的心离他们越来越远,因为是石头缝里蹦出来的,所以在哪里生长都是一样的,她只是这样想。

儿子一岁时,我指着腹部那道将他带到这个世界上的伤疤一次次地说:宝贝,你是从这里来的,你是妈妈身上的一块肉。他还没有语言,可是他知道,他的生命来自于妈妈的疼痛,但也是最伟大的幸福。他会说话了,一次次地告诉别人,妈妈肚子上开了一刀,我就从那里出来了。我给他讲妈妈用了十个月来将他孕育长大,我给他讲他听到了妈妈的呼唤迫不及待要来到这个世界,我给他讲妈妈凌晨十二点的阵痛,我给他讲妈妈生他是世界上最痛的过程,我给他讲我第一次看到他内心的惶恐与不安,我给他讲我是如何一点点一点点地爱上他,他的生命因我而降临,我的幸福却是因他而真实。

是的,我是希望儿子明白,我是那么爱他,因为他是我的孩子,是我在这个世界上唯一一个血肉相连的孩子。他的每一根头发,每一道皮肤,都是从我这里伸展,他的每一个快乐,每一缕笑容都是因这份生命而绽放,我们的脐带曾紧紧相连,纵然在他一出世时,就被剪断,但他的命运将一生与我难分难舍。我爱他,我希望他明白,他的生命是有源头的,他的生命不是虚幻而存在的,他不是冰冷的石头里蹦出来的,他不是某一天我们在街头捡到的,他不是别人的孩子,他只是我们的,是我们为了爱而将他带领到这个世界上的孩子。

每一个孩子都是那么喜欢问,妈妈,我是从哪里来的?妈妈,我是谁?是啊,这是人类无法改变必然的疑惑,在生命的最初,我们是多么希望得到一个明确的、肯定的、温柔的答复:孩子,你是妈妈的天使,你是妈妈用疼痛换来的幸福。

带孩子来到这个世界上,我们总是愿意给他爱。可是爱,有时真的只需要一个唯一的标准答案。假如爱,就请深爱,请把他紧紧地抱在你的怀中,认真地告诉他,孩子,你就是我的孩子,我将爱你,直至亘古深远,我将爱你,直至地老天荒。假如爱,就请深爱,只需要一句话,就足以让孩子得到安心,就足以让孩子感受温暖。生命与生命的传承相连,原本就是最美好的相遇,请不要将孩子的心推向深渊,请不要羞于表达爱,一个拥抱,一个亲吻,一句温柔的语言,原本都是这么简单,原本都是命运赐给我们最单纯的爱。请不要,从一开始就放弃这样的亲密,请不要从最初就忽略了孩子的渴望,他是走了多远才奔向你的生命里的啊,为什么,你不能深深地深深地,去爱,再去爱呢?

如果爱,请深爱,如果爱,请深爱,我们承受的遗憾,不要再重复,生命是多么短暂易逝,如果不抓紧,他就会跑远了,用你永远也无法赶上的速度。

请深深地爱,深深地爱,因为这爱必将会永远。

山之遥,网友。

人们听到的最美的声音来自母亲，来自家乡，来自天堂。

——威·布朗

十　年

仲　要

从 2001 年到现在，十年了。时光却并没有裹挟走亲吻那粗糙而柔软脸颊的触感和拄着拐杖蹒跚走到电梯口等待我和母亲到来的微笑。

作为大学生的我，学习的是中文，而逻辑学却有幸成为我的专业课之一。

在这里，我想叙述的，是一摞齐身高的赠书和一把从未到来的京胡的故事，有关我的外公傅季重的往事。

正是学习逻辑将我一次次地带回那些已经褪色了的却从不会被磨灭的往事。

外公是逻辑学家，参与了中国逻辑学会建立的重要人物。却除了主要编写《哲学大辞典》以及留下多本译著如著名的《猜想与反驳》权威译本外，并没有阐述自己思想的著作或是参与相关教材的编写。由此，我总是悄悄地猜想原因。

有一段艰难的日子是永远鲜活在傅家七个子女的记忆里，却鲜少和孙辈的孩子们提及的。傅家在五十年代末开始住在华东政法学院里，每天子女们到食堂远远望着台上的父亲，他微微地低着被剃的头，对周遭的喧闹似无所闻，倒像是每天深夜坐在大木桌子前对案沉思时的光景。

在《猜想与反驳》译本的译者前言最后，是一段借用马克思主义完全否定书作者卡尔·波普尔的观点的话语。在现今接受大众评论的时候颇受诟病，当我看到那些指责的时候，难过的情绪一波波地涌上来，淹没了我。却在看见众人肯定原文翻译水准之时含泪而笑——外公的英语水平十分出色，曾多次被只身派往伦敦等地作交流和演讲，家中还有他从伦敦带回的银质奖杯，年代之久远，让它变成了漆黑色，摸上去并不平滑，因为平时都用来放针线纽扣之类细碎的生活物件，还被还是孩童的母亲和舅舅玩耍时跌在地上不知多少次，外公却从来没有因此而责备过他们，他是个真真正正淡泊的人。

但形式却不允许他淡泊，直到他生命的最后一段日子里，他还以逻辑学会会长的身份大老远赶了一个半小时的路程去主持会议。冷冽的寒风贴着他苍老的肌肤、脆弱的喉管冰凉地划过，回来他就病倒了。当年的逻辑学会，几位接班人实力相当，陪同他一起去的外婆叹着气道："能让大家服气的，只有他。"外公八十一岁的高龄，颤颤巍巍的拐杖深深浅浅地仍然在最高处站立着。

我总是猜想，那个“低头”的年代给外公的影响之巨大，或许延及他一生没有自己单独的著作。

这次搬家，外婆特意赶来，说要整理放在后房间橱柜里的旧书，那个盘亘在我心头许久的问题才有了答案。

齐身高的著作，没有任何一本的作者是“傅季重”，而每一本的作者都是不同的姓名，却无一例外地在书的扉页上恭敬地写上：“敬请傅先生指正”的字样。我每每好奇地询问外婆或者母亲，这些扉页上的署名者现今无一不是对国家颇有贡献的人才，哲学界，政界，转行去法律界的精英，等等等等。

母亲不止一次回忆：“爸爸每次收到书的时候总是兴高采烈，即使只给了微薄的稿费也是如此，他的译著还特地向出版社强调要把学生的名字加上去，就因为学生帮他整理了一份资料……”“到后来常常为了帮学生修改而开夜车，还对学生说大不必署他的名字……”

他说过“不发讣告”，他去世的消息却如一阵风在他的学生们间传开。学生们挤满了他的家，在追悼会上纷纷落泪。更有现今也已经是中国逻辑学会副会长的外公的学生曹予生写了《追忆傅季重先生》，收入自己的文集；现哲学研究所马克思主义哲学硕士点导师陆晓禾等等依旧在怀念着他。

他的思维和思想在每一本赠书中都几不可见却又真切地存在着，他的时间都存在于除了他自身之外的人那里。我曾惋惜过他没有著作遗世，让我无从寻找，无法循着他理性的思维来怀念他。后来我才知晓，那是人格，是风骨。

家中和龙华烈士陵园里摆放着的，是外公身着笔挺的西装，站在玫瑰色的花丛前儒雅地微笑的照片，眼光平静而温柔，穿透了照片，落在学生们的身上，诲人不倦，落在子孙们身上，微带严厉的期冀。

长子考上清华，孙子考上复旦，他一改往日的严肃和低调，高兴得像是自己考上了一样。在他身后，长子成为了建筑界首屈一指的大师，孙子在美国安家立业，四十岁不到已经是生物学科的终身教授。

他或许早就预想到了这些，于是，他一直静静地、鼓励地向我们微笑着。

不能让他看到我的如今是我的小遗憾，而若问外公的子女们，他们最大的遗憾是什么，答案一定是“京胡”。

外公拿手的，除了逻辑学和英语外，还拉得一手好京胡。他和外婆都爱听戏，他自己也会唱几段。京胡一拉，他瞬间容光焕发。但终此一生他都没有拥有一把属于他自己的京胡。

他的叹息声留在子女们的耳畔：“太贵了。”一代穷知识分子，两袖清风。

他走的时候，儿女都在事业刚刚起步的阶段，没有财力购买一把好的京胡。

一把京胡，现在也就几千块钱。虽然那时一把京胡十分奢侈，但子女们还是无比痛心自己没有及时满足父亲唯一的心愿：“就算几家人家凑钱，也该一起买一把啊！”

外公一生研究逻辑，注重辩证逻辑这一块的研究，探求“最理性”，在生活中却从来是位感性的人。

那时我还是背着书包刚上小学的小孩子，每个周末，母亲带我跨越半个上海去看外公，拉着我的小手，搭公寓的电梯上楼。电梯门一开，必然对上拄着拐杖的外公殷切等待的眼神。眼神里对他的小女儿，我的母亲和她的女儿我的温暖和疼爱，现在回想起来让我不禁泪下。

最后那个新年，外公还精神抖擞地和子女一起聊天，我调皮地爬到他的腿上张牙舞爪，他慈爱地拉过我的手，摸摸我的头，说了句什么我已经记不清了。于是我得寸进尺地“啪嗒”在他的脸颊上亲了一口，又一溜烟得意地窜下他的膝头玩去了。

没想到这是我最后一次见到外公。年后不久，风雪交加的一天，他跨越大半个上海去主持中国逻辑学会会议着凉病倒，再也没有起来。

他重病的时候正逢我期末考试，母亲没有带我去医院。我曾听到过许多人因为相似的情况，抱怨自己父母的残忍。

当我听到母亲流着泪转述外公亲口的遗嘱时，一切的不满都烟消云散。我想起母亲说的，在我还是婴儿的时候，父母亲和我与外公外婆住在一起，外公曾戏称：“这孩子以后肯定是个好孩子，都不怎么听到她哭，怎么这么乖。”临终前，外公还郑重地吩咐母亲：“毛妹，好好教育仲要，一定要好好培养她。”

十年前的二月二十五日我还是个小学生，现在已经是十年后的七月了。不知道几次想提笔书写我的怀念，书写散发着明黄光晕活在我记忆里的我的外公，却迟迟没有动笔。我怕词不达意，我怕书写不完，我怕我不够了解。

可是在逻辑学复习期间，回忆几次翻滚上来，我几次冲动就想要停止复习动笔，但是按捺了下来。于是在考完逻辑学的夜晚，夜深人静的时刻，我终于一口气完成这篇文章，记下这些从来没有对别人说过的事情。

十年前第一个再也没有外公在电梯口迎接我的暑假，我趴在外婆家的桌子上用稚嫩的语句，夹杂着拼音，用稚嫩的铅笔字，在我的日记本上写过一篇哀悼外公的文章，现在重新找出来再看，结尾“我会好好学习，不辜负您的希望”的字句刺得我生疼。

若干年前，外公曾在华师大做过学术研究，开过会，与同伴在那里聚首过，还曾表示过相较于复旦，他更喜欢华师大的氛围。现在，在大一刚开学时去中北参观王元化纪念堂的路上想到了外公而情不自禁放声大哭，现在，我在华师大的校园里徜徉和学习，现在，面对十年前的日记本，我轻声问自己，找到当年外公留下的足迹了吗？

傅季重先生简介：

傅季重先生毕生致力于哲学、逻辑学的研究，学术造诣深厚，卓有声誉。傅先生曾任中国逻辑学会副会长、中国辩证逻辑研究会第一任会长、上海市逻辑学会会长、《辞海》编委与分卷主编、《哲学大百科》逻辑学卷主编，并先后在东吴大学、华东政法学院、上海社会科学院任教数十年，培养了几代学生与研究生。傅季重先生因病医治无效，于2001年2月25日上午逝世，享年82岁。

夜深人静时，当想起日渐苍老的父母，心里是否又会涌起一分歉疚？过了被打手心的年龄，年轻气盛时的我们是否还是犯下过让父母伤心的错误？有时我们会将在外面得到的苦闷发泄到最亲近的人身上，而明明知道不能这样说却脱口而出的话，却最终会成为父母头的刺。

——GM7300

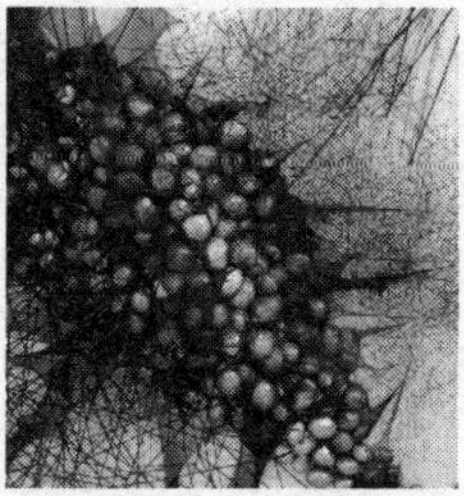

不堪回首

赵健雄

1966年秋天,“文化大革命”正进行得如火如荼。当时我读高一,十七岁。学校停课闹革命,如果当逍遥派也可以整天呆在家里,干自己想干的事(尽管那时也没有什么事好干,时代大潮席卷而来,让真正有意义的事都变得没意义了,能够有先见之明为下一个时代到来做些准备的人几无)。我和大多数同学一样,整天泡在学校里,组织战斗队、写大字报,响应伟大领袖的号召,关心国家大事,积极参加运动。

这个时候血统论已甚嚣尘上,出身不那么好的同学被要求首先与家庭划清界限,然后才有革命的权利。我因为父母的历史问题弄得有点心灰意懒,却不甘心,觉得自己是真心革命的,并试图通过实际行动来与家庭"划清界限"。(后来读了遇罗克的《出身论》,才觉悟到可以也应当质疑这种前提与标准),我仔细回忆父母平时的言论,看有什么与党的要求不符合的,就把它们整理出来,写成汇报材料。

但即使这样,也没有想出父母有过什么"反动言论",至多也只是些与主流意识形态不那么一致的闲话而已。

就在这个时候,发生了一件让我后悔一辈子的事。

我在弄堂口的公厕小便,发现有张面孔似曾相识,好像在老家湖州见过。被改造成"以阶级斗争为纲"的头脑中居然冒出这样的想法:此人会不会是专门赶来与父亲订立攻守同盟的?因为父亲早年的历史问题就发生在那儿。其实我总共只在十岁时随父亲去过一次湖州,给祖父奔丧,挟裹在自己还难以理解的成人活动中,跟着一起哭。怎么可能记得住某张并不熟悉的面孔?但当时就被这样的想法缠住了,最后竟然写信给父亲所在单位述说了我的怀疑。

父亲因此大吃苦头,因为他不可能交代出让审查他的人满意的结果,我的揭发纯粹是子虚乌有。这个中间,有多少难以解脱的沉重压力、冤屈乃至绝望罩在父亲身上,事过境迁,已经永远不可能知道了。而当时对我来说,此举却并非无中生有,或为了个人利益有意造假——强大的精神压力导致我产生了幻觉,多年来的宣传教育,把一些似是而非的观念和命题深入到我的意识与潜意识之中,到了某个时候,甚至分不清什么是真实,什么是自己的臆想,这真太可怕了！

父亲是个非常善良的人，对生活所求无多，工作兢兢业业，通常很晚才回家，平时与几个孩子都照不上面，可以说做到了当时意识形态要求的“先国而家”，解放初期当过多届劳动模范。后来全国上下阶级斗争的弦越绷越紧，因为曾集体加入过国民党等历史问题，处境大不如前。

“文革”中他受到冲击，而来自儿子的揭发，尤其叫他心凉。父亲依靠什么挺过来的？对家庭的责任，还是相信最终事情是能够弄明白的？

后来我才渐渐明白，导致文革风行的这套理论与做法是如何荒诞，对自己当初的行为，当然非常愧疚，但直到父亲去世，我们始终没有正面谈过这个问题。

或许他原谅了我，却又没法完全原谅我；而我甚至无法请求父亲原谅，因为根本没办法把事情讲清楚。

不知这是不是可以算“灵魂深处闹革命”的一个典型案例？我也不知道类似的现象有没有在别人身上发生过。

文革对中华民族的伤害，从长远来看，恐怕正发生在这些地方：对亲情人伦的破坏与摧毁，使道德沦丧、维系社会的纽带断裂。一个现代国家，即使亲人犯罪，直系家属都有不作证的权力，如我这样莫须有的揭发，几乎在哪里都是不齿于人类的行径。

当随后进入改革开放年代，这种撕裂又以新的方式（通常是由于经济利益的刺激）蔓延与继续，尽管与我个人没什么关系了，对民族与社会的伤害却仍在发生。

父亲若地下有知,看到我这样的反省,萌生的更多会是安慰还是痛苦呢?

衷心希望灵魂居住的地方没有国界,更没有什么文化大革命。

愿父亲大人安息!

赵健雄,作家、文化学者,曾主持《草原·北中国诗卷》。著有诗集《明天的雪》、随笔集《都有病》、《姑妄言之》、《时代的颜色:中国美院外传》等近二十种。

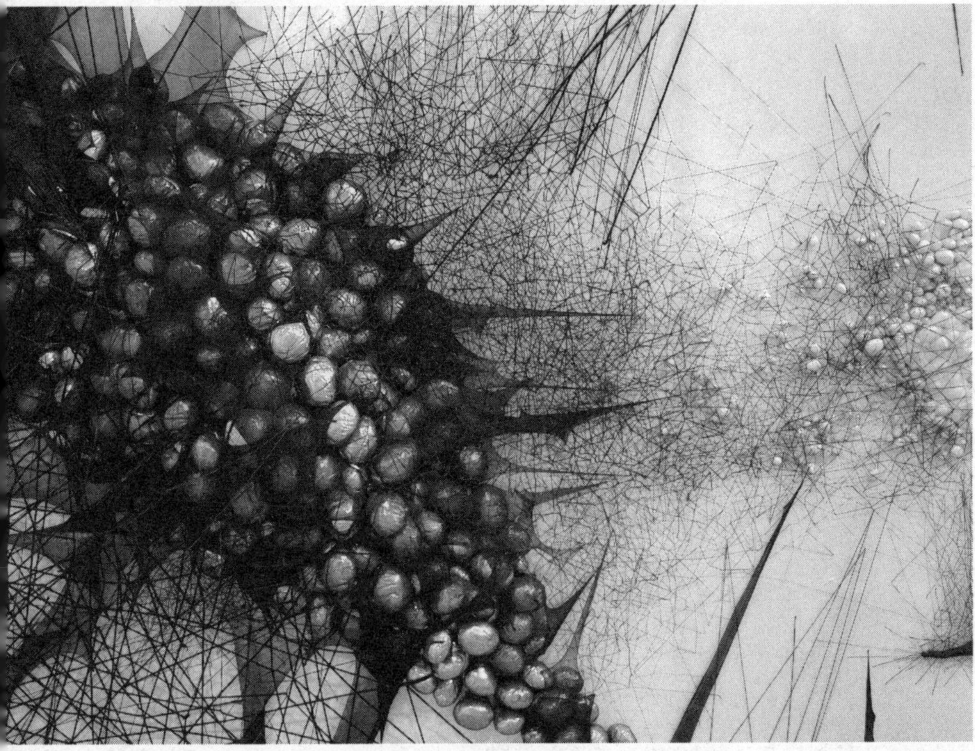

摄影:赵健雄

谁言寸草心,报得三春晖。

——孟郊

生命，一盏绿色的孤灯

敖惠琼

“生命其实很简单，当你不再思考世界万事万物的时候，你到了终点站，别相信还有下一站，也别相信还有轮回，就是一盏绿色的孤灯。一旦哪天它再也不亮，这个城市其他的灯也会照耀着这个城市。那盏熄灭的绿灯，谁也不会记住。”

——杨川日记

1

“我必然是要死的，肯定了的。”杨川这样说。

2006年12月19日，早上10:30，杨川，你真的走了，你去了一个被你称为“天堂”的地方。你走的时候，47岁。你走了，留给我们太多的遗憾。

杨川,你走的那天,我们去为你送行了。

冰冷的雾布满了你家的院子,院子里透着熟悉而陌生的气息,第一次来到你家住的院子。这就是你生活的环境,你生活中每天必然出入的场所。这里的每一个角落都飘忽着你的身影,都留下过你的气息,甚至还有你失落的叹息。院子里弥漫着寒气,在你躺着的棺木前,你在照片上笑着,青青的牛仔服,里面衬着红色的衬衫,年轻、英俊、帅气,你一直在笑,仿佛还在不停地点头。

你的微笑很温暖,甚至有点恶作剧,仿佛你平日里的神态。我知道你就在我们的身边,在我们呼吸能抵达的地方,在我们心灵能聆听的距离。

在你的告别仪式上,茂林颤抖的声音在冰冷的空气中回荡:

“一个人生命的诞生和终结微不足道,但是,在他短暂的人生历程中,他与我们结下了亲情,结下了友谊,结下了缘分……”

我们为你上了香,烧了纸钱,你灵前的香火在模糊的眼帘下摇曳……茂林嘶哑着声音对着你说:“杨大哥,你的好朋友来看你了……”没说完的话语淹没在了哽咽里。

在这个仿佛熟悉又陌生的院落,远远地看见了你年轻的妻和你的女儿。她们不像母女,倒更像是姐妹,看她们不知所措的样子,我的心开始疼痛。

从未曾见这么一个年轻的女人与她丈夫的别离,仿佛是书中的某个故事场景演绎在了我的眼前。

你的孩子,那个在你的葬礼上不知所措的女孩,她还不知道死亡意味着什么,她和母亲承受着与你离别的痛苦。她还不能领会,当死亡迫近的时候,活着有多么的好。她还不能理会死别是一种怎样的痛。她还小,还只是一个中学生,还不能深切地理解人生的许多感受。她或许只以为你是暂时去了某个地方,过一段日子你还会微笑着出现在她所生活的每一个场景。我无限悲凄地想:当她的这种期盼终于等不到的时候,她会怎样?

我看到了男人们的哽咽,女人们的抽泣,那是你昔日的文友们抑制不住的哭泣。

之后,你的一位还怀着纯真情意的作家朋友窦红宇写下了一篇感叹的文字《一本书和一种生命》,记述了那个风中飘着泪滴的日子。讲述了关于你和赵正云大哥的一本书的故事以及一种生命的故事,读了之后,心一直在疼。我还读到了那个住在师宗龙庆乡黑尔村大坪寨你牵挂的赵大哥为你写的《生命的延续与延续了的生命》,"23号是出殡的日子,天有点转晴,但还是冷,灵柩在花圈丛中、在人们送丧的行列中缓缓而行,慢慢地步入那边的世界。"那些让人流泪的文字。你拿着赵大哥的书《柳叶谷的女人》走了,留下了那个让赵大哥刻在心灵深处的场面和让赵大哥一辈子感叹的情意。

杨川,为你送行的那天,院子里很冷,空气中透着寒气。我们所有人的心在打着寒战。

茂林招待吃了饭,那是你吩咐的。菜格外的丰盛,摆了满满一桌。记得你说过:"你们什么时候去师宗,我要请你们吃饭。"这次,我们来了,我们这是第一次来你的家,你为朋友们备的筵席,却是一个没有你在场的筵席。

我一直忍不住地流泪。你生病在昆明住院时去看你,你请我吃饭,看着碗里剩下的飘在菜汤上的两小片白菜叶子,你说,带回病房去,下顿吃,那认真的表情和此时眼前丰盛的一桌酒菜交叠出现。

忍不住的泪,一直在流,我怎么忍得住?

2

杨川,你是一个尊重、敬爱文学、文字的人。在世风日下的今天,文学已不再为人所追逐,而你仍是那么深刻地挚爱。

杨川,在人们并不关注文学的时代,你依然一如既往地坚守寂寞,发出自己的声音。

你流的是傈僳族的血,你生活的是彝族地区,你接受的是汉化教育,你有着神秘的民族文化情结,在你的笔下,老毕摩的铜铃和皮鼓,为努比和阿乌招魂……带着一种神秘的色彩。

你少年、青年时期的艰辛的生存经历在你的记忆里留下了切肤的疼痛,在你的文字中总会流露出对弱小者的同情和生活在底层人的命运的关注。

你曾经试着用钢笔去改变人的命运。生活与现实常常令你窘迫、焦虑与绝望。"怎样不受诱惑和干扰地生存下去,怎样不受限制地写自己原本想写的文字,并把这些文字发表出来。"这样的活法不容易。

生一炉火,守着雪夜,在火炉边铺上你的方格稿纸,在那空格上填上一个个的文字,"用心中的火去点燃人生的希望之火,在清贫无助中跋涉着另一种人生的追求",这便是你的生活,你执著、清贫却又温馨而惬意的生活。

在你那里,写作是一件纯粹的事情,就像你这个人,纯粹地生活,纯粹地写作,"写作是我们自己选择的职业,我无所谓在阳光下写作还是在阴影下写作。没有阳光的时候，我自己就是阳光，没有灯光的时候，我自己就是灯光，用作品说话，才是真理。”杨川，你对文学的执著、坚守，并非为了生存，为了生存你可以另外选择别的几十种活法，而你只选择了这一种，坚守着心灵的家园。

你对文学的态度让人感动。杨川，你走了，你搁下了你未竟的文学雄心，搁下了你的许许多多写作计划，如阳光般照在你的冥想中。

你说你曾经是一个网络流浪汉，在网络里，你结识了一批有思想的年轻人，你说，你看到了希望。

网络为你提供了自由写作的空间，在你看来，那是一种极其放任的美好感觉，你寂寞却快乐地生活着。

为文学而生，就意味着为真诚而生，为贫穷和虚无而生，同时，也是为创造和神祇而生。朋友们对你的评语，字里行间透出了一种深沉而透彻的理解。

3

对于“一分钱一个生活眼子”，写了几十年小说也没钱出一本书的赵大哥，你给予了极大的关怀，周茂林找来为你出书的钱你硬是让给了赵大哥，尽管你比赵大哥更需要关怀。赵大哥尽管穷，至少还有健康，还有精力，还有未来的日子可以盘算。赵大哥，一位质朴、纯粹的农民作家，因为与文学结缘，一生与书为伴，以文为友，以写为乐，长年生活在南盘江峡谷的美丽壮乡——黑尔，每天与山相望，与土地为伴，晚了，累了，听着牲口们嚼草的声音，然后往发黄的稿子上写下一个个文字。你了解赵大哥的艰难。

在你生病住院切除了半个肺部以后,你依然为编辑赵大哥的那本书《柳叶谷的女人》翻箱倒柜地收集书稿,帮赵大哥整理那些连他自己也收不齐的稿子,一份一份的找齐,疼痛让你不得不一次次停下。我不知道你是用什么样的毅力,移动着你那时时都在疼痛的身躯,那空了一半的常常失重的身躯去完成这一切的。

赵大哥的书在你和茂林的帮助下顺利出版,与此同时,你的病却每况愈下,慢慢恶化,手术之后的一次次化疗,让你的身体变得更加“残破”,直到不能发声,不能说话。赵大哥的小说集《柳叶谷的女人》的出版成了你最后的牵挂,当书拉到师宗的时候,当你看到你一直期盼的赵大哥的小说集的时候,你已经不能说话、甚至都无力去拿起这本书,你只是满含欣慰地眨了眨眼睛,笑意定格在了你的脸上。

杨川,你走了,留给了赵大哥的是怎样的痛?

在你的电脑里存储着你写下的数十万甚至上百万字的书稿,那是你蘸着生命的液汁写下的文字,你也渴望出版一本你自己写的书,你一直不停地写作,甚至在你的病房。可是,当这种渴望就要变为现实的时候,当你的生命即将走向终结的时候,为了成全赵正云大哥,你毅然选择了放弃。我不知道当一个人爱别人胜过爱自己的时候,是怎样的情怀。

你看重这份友谊与理解,你甚至还为自己选定了最后的归宿:去黑尔,去和赵正云大哥在一起,赵大哥也郑重地请了先生在他家的附近为你找了墓地,你的愿望表达了你对友情的珍惜与渴望,赵大哥的行动表达了对友情的敬意与尊重。

赵大哥和茂林,一个从黑尔拉来了棺木,一个为你买了一片山清水秀的墓地。我不知道这样的情意,如今哪里还能找得到?

在你的葬礼上，我第一次见到了你常常对我说起的赵大哥。在你生命最后的日子，赵大哥一家四口丢家弃小，不分昼夜寒暑，轮流守护在你的床前。在与你告别的时候，他几乎没说过一句话，阴沉的脸上看不到任何表情，只在之后他为你写下的文字中才看到了他伤痛的心。那里面有不能穷尽的酸楚与无奈。被你称作“沙漠中一片文学绿叶”的赵大哥，平静的文字中流露出深沉的悲伤。“亡人的亲属悲戚而虔诚地跪在灵前，将一张张纸钱烧了，而后将摆放在灵前那本还散发着油墨清香的《柳叶谷的女人》，从扉页开始一页页地撕下投进火中，心中叨念着你牵挂的这书，把它带走一本吧！幽婉的哀乐奏起了，那一页页飘飞的灰烬在催人泪下的曲中无声无息地落在灵前，落在我心底的深处。我哭了，周围的人也在哽咽、抽泣。书不是亡人写的，但我知道在亡人的心中比自己写的更重要！世间的朋友真多，棋友、球友、工友、战友……我在坎坷的人生历程中也有许许多多朋友，有的甚至患难与共，但是都没有我们在文学结缘中建立起来的这种友谊。”

4

一个落雪的日子想起你。朋友们在一起，说起你。

漫天的飞雪呼呼而下，大地一片茫茫雪白，我们的城市下雪了。这是2007年的第二场雪。杨川，你所在的天堂里也下雪吗？这冬日里的冰雪精灵也会带给你快乐与遐想吗？

朋友们对你的怀念是一天深似一天了，我逐渐明白，你说过的每一句话语，你的每一个微笑，在我们的心中都越来越成为一种疼痛，这种疼痛源自心灵源自灵魂。

杨川,在这漫天飞雪的日子里读着你的网友留下的怀念你的文字,读那些感叹的文字,其中有那个在你的网站发过散文、随笔,你读了他的作品曾经说他的作品“第一感觉像担担面,第二感觉像重庆的麻辣火锅”,你评语中说他是“一个背着破麻袋的流浪汉,四处兜售着他的犀利、辛辣的汉语句子”的“东海一枭”感叹着你为自己书写,为自己歌唱。

生病之后,你的心无数次地颤抖,对于一个没有一点生活保障的写手,你的病将你和睦的家带入怎样沉重的打击和压力之中,所以你的心开始颤抖。当你怀着一线希望历经了肺癌手术、化疗,又跌入了癌细胞扩散转移、无边的疼痛、巨额的债务时,你陷入了绝境,你无路可走,你只剩下了最后的等待。静静地等待死亡的到来。你每天在疼痛中猜想着死亡的感受和临终的思维状态。

你想过好每一天,还想把未完成的小说继续下去。可依附在痛楚而又残破的躯体上的你的乐观而单纯的灵魂哪里知道:癌细胞在一点一点吞噬你的身体。有些事你渴望做却做不了,那是你的命。

生病之后,每天的日子里,你虚弱,你疼,你在熬。你也是一个脆弱的生命,如何能够抵挡得住死神的暴力。你对死亡有着本能的恐惧,因为你牵挂的人太多。你的妻、女儿、年迈的父母……你的内心弥漫过阵阵的隐痛。

你害怕七这个数字,这个生命中暗示着灾难的数字。那次到医院看你,你对我讲起了你每一个遭遇七的时刻:七岁时的一场大病病得死去活来;十七岁、二十七岁都遇上了重大的病情;在你住院的时候,七床的死了,十七床的要死了;你做手术的手术室是七号;你被查出是癌症时正好四十七岁。这一系列的与七有关的巧合都让你恐惧，你隐隐地感到，你很难逃过这一次的劫难。

你惧怕阳光，在你的小说中，许多悲惨的事件总与灿烂的阳光同在，这缘于你的童年、少年时代所见到的死亡情景。你十六岁那年，你的母亲死在一个阳光灿烂的日子，你母亲下葬的日子也是天蓝云白，你的忧伤与蓝色、白色和阳光有关。在你的眼里，太阳有时是发绿的，而不是红彤彤的，那绿色的光芒让你心生恐惧。你总会以为在那样的日子会有一个个的伏击，对着一个个无辜的人，剥夺那一个个无辜的活着的生命。《绿太阳》成为了你对一部小说的命名。你说，“遥远的《绿太阳》是我少年时代对死亡的洗礼，《布多寨最后的毕摩》的深绿色和矿山黑暗中血淋淋的灵魂，交汇编织着人生虚无的哲学主题……”你一直面对着你生命中出现过的每一盏灯深思，在这种沉思中你的心被湿淋淋的色彩浸润。

你惧怕死亡，你经历过许许多多的死亡事件，你的童年见过太多的死人场面，你对死亡的见识与理解一直伴随你走过了童年、少年与青年，死亡成了你最司空见惯的场景，在你的诸多小说里，死亡都是最后的结局，你甚至为你的小说集用了《死亡的探戈》来命名。在肿瘤医院，你见到的都是些“目光中充满了生的欲望的求生者，或者就是些目光浑浊、脸色苍白，喘息着期待上帝召唤的人们”。你猜测着人面对死亡时的情形。你与我谈到了死亡，谈一种生命形式的结束和另一种生命形态的开始，你的语调理智得近乎冰冷和淡漠。可是，当你真的面临等待死亡，那个无边的黑暗来临的时刻，你依然害怕那个未知的黑暗，因为你在为那些舍不下的情感和未能实现的梦想而颤抖。你很爱你的妻、你的女儿，你说，“她们是那么的相像，那么的和谐”，说着，你把妻子和两个女儿的照片端正地放在了妻子借来给你在病床上写作用的笔记本电脑的桌面，你可以天天很得意地望他们，然后露出诙谐的甚至是得意的笑意。在家里等待死亡，那个黑暗时刻来临的日子，那些搁不下的情感与未能实现的梦想给了你多少心痛与不安？因为惧怕，你的手指“在黑暗中颤抖”。

你惧怕死亡，或许还因为你惧怕孤独。一个人死了，他必须孤独地上路，那是一种怎样的孤独之旅，从此就再也不能和相爱的人在一起了，再也不能在熟悉而又温暖的环境里存在了。活着的人看到身边的一个个死亡的事件之后，对死有了深切的恐惧和悲哀，恐惧人死后的孤独，也恐惧亲人死后活着的人的孤独。

5

害怕失去你，你的朋友茂林在网上对你说了近乎祈求的话语：“你的活着对家庭，对亲人，对我，对赵大哥，对这个世界，都有着一种人所不知的意义。其实，我也是孤独的，需要你的陪伴。”人，在这人迹遍布的世间孤独的行走，谁不需要友情的陪伴。

你珍视生命中的友谊，赵正云、周茂林是你生命中最重要的朋友进而成为兄弟的人。“文笔飘逸、潇洒”的茂林和“敏于行讷于言”的赵正云，当你说起他们的时候，你的眼里流露出温暖。我必然要死的，肯定了的。你说，你原来以为还有长长的日子，大大的天，但生命，却一下子就要走到尽头了，你又一次在心灵深处颤抖了，因为，你也舍不下那些让你依恋的情感。

“亲情，是我们在这个世界上最真实，永不会塌陷的依靠。好好活着，就是对生命负责。不管什么天色，都要昂首走在天地间，不轻忽它的每一个历程。”你的妻安慰你、鼓励你。你生命中的那个美丽女人,正是用这“不会塌陷的依靠支撑你走完了生命的最后的路程”,你和她“一个男人以决死的信念不愿拖累自己的深爱,一个女人以深爱的信念要挽回男人的决死”,那是怎样的一种深情。你带着你的深爱走了,在你的《一个死者对活着的总结》,对生与死超然地慨叹。

那个在你心灵里的美丽女人,用她的工资维持着全家人的生存,并全心全意投入到你所做的,令人怀疑的写作计划之中。

当你狂热、固执地放弃了大城市和工作,回家履行自己的写作计划时,你如背台词一般对着这个美丽女人说:“亲爱的,我的小说会写得好的,小说会发表的,我们将来什么都会有的。”美丽女人很感动,真诚地接受了你那令人怀疑的承诺,并全身心地投入到你的计划中。与你一同去实现你那可疑的计划。

风炉里的火殷红,外面在刮北风。

你写下了这样的句子。

她说:这段文字语法不通。

改。你说,于是你埋头下面的写作。

她说:你下面这句话不够通顺哎。

你头都不抬地自语:把它理通。

这是你和你的妻在冬日温暖的炉火前埋头写作时的一段温馨而又深情的话。类似的话语常常在你们之间说起。

赵大哥、茂林,你们聚在一起谈文学、谈写作的被你称作大哥和小弟的人,为了你,放下了手中许许多多重要的事情,调整了人生的很多目标,为了留住你!

杨川，你常说你是一个穷光蛋，我却羡慕你，暗地里说你是一个幸福的穷光蛋，写着自己渴望去写的文字的穷光蛋，生活在温暖的意境里的穷光蛋。那些在现实中无法实现的欲望，你可以无所顾忌地在你的虚构的生活里去实现，你的人生在虚构的生活中变得完整。

6

你对人间的很多事怀着深深的忧郁。你经历过太多的死亡与忧伤的事件。在你的眼里，灿烂的阳光是绿色的。

做过井下工、炊事员、钳工、焊工、工会干事、宣传工作者、旅行社经理。你的经历、遭遇让你的骨子里有一种反叛意识，不畏权势，体恤平民，在你的作品里更多的是关注小人物、小角色内心的疼痛与温暖。

你甚至会把这种体恤表现在你所生活的现实。你会为一个你并不认识的、生活在底层的平民去打抱不平，帮助他们去挽救将被生活击沉的命运；你会在一个寒风瑟瑟的冬日早晨，抱着你的旧衣服去接济你在路边偶然看见的被冻得只剩下一口气的路人；你也曾为了一个同道中人遭遇不平的攻击而四处呼吁……你让我看到了一个文人应有的良知和文人之间应有的关怀。

朋友们说，你把躯体留在了山冈，在大地深处，你的精神在向着天堂的圣境攀援，你的名字永远留在了朋友们的记忆里。

杨川，你走了，你一走，你的一生便被浓缩成了留在人们记忆中的某个片断，某个故事。你走了，你的身躯被葬在了山冈，慢慢地，你会变做一把尘土，连同你亲切的有些诡诘的笑容一起变做尘土，我痛惜地想象着那个亲切的身影掩埋在地下逐渐演变为尘土的过程，你却站在你的天堂的某个窗口，以诙谐的笑意凝视着我们。

迟早，我们也会变做某处旷野里的一把尘土，被轻风带到城市的某条街巷或者乡村的某个角落。

那些一起谈文学，那些相处时温暖得如梦一般的情景，一去不返。那些情景中弥漫的深深友情以及对文学的纯诚充满了诗意。

杨川，你在你的天堂还好吗？你在你最后的时刻，你写下的文字中描述了你去向天堂的模样。

在你病重的时候，常常做梦，常常出现幻觉，在你的梦境与幻象中，你抵达了你的天堂。“黑白两色，没有冷暖，没有人情，没有世故，没有姻缘”。梦境与幻象中也有一个“用旱烟锅把棺材敲得咚咚作响的女人”。

7

杨川，你走了。

你拿着赵正云的《柳叶谷的女人》走了。你是不是一路微笑，一路欣慰。而你想要出书的书稿还停留在你的电脑里，留给我们的是太多太多的遗憾。

在我们生存的世界里处处弥漫着你遗留下来的气息。忙碌疾走的人们奔向某个处所，人在俗世间奔忙，你呢？杨川，你或许正在天堂的某处看着忙碌的人间微笑，那笑一样诙谐，一样幽默。你拒绝现实的残酷，以纯粹的心灵迎接艺术的洗礼，在天堂，你的境遇会好些。

杨川，你对文学的态度给了我们对于写作的信心，你们对爱情的坚守留给了我关于爱情的信心，赵大哥、茂林——你们关于友情的虔诚留给了我关于友情的信心，你们的友情照亮了人们友情的路程。

一盏灯，一盏绿色的孤灯，一路温暖地照亮过我们的行程。

杨川，你一路纯净一路纯粹地走来，你不羁的性格与自由的心灵，成为了你的一种生存方式，你用生命的作为给了我们一种关于文学，关于友情，关于纯粹的指引，你给我们信心。

8

“那样的日子终究会远去，每个人或长或短，或深或浅的生命里，有多少回忆给了那个被酒精、伤痛、激情和爱恋折磨的夜晚？那些长歌当哭的茫然岁月，那些秋叶漫天的失意季节，还有手里的玫瑰和蜡烛，还有那望穿秋水的人，是否如同我们在笔记本、在树皮上镌刻下的爱情一样，在熊熊焚炉中上升为火，发出迸裂的声音。

青春无可挽回的消逝，白衣飘飘的年代一去不返，童年时走过的小路还在，只是显得不那么宽阔。孩子们还唱着我们当年唱过的歌，只有那路旁的小树已经长高了，当年刻上的爱情誓言，似乎已经高过了我的头顶，誓言的主人也不知去向。家中的老唱片，已经落上了厚厚的尘土，擦一擦还能发出好听的声音，那埋藏于记忆深处的陈年旧事，会在手指拂过琴弦的一瞬间悄然醒来。”

杨川，在清明节前想起你，读你的《青春散场》，想问问你：

你在你的天堂，好吗？

你那些未了的心愿，刻在我们心中是深深的遗憾和伤痛……

敖惠琼，云南省曲靖市文学艺术界联合会。

母爱只有做母亲的才知道。

——沃·蒙塔古

图书在版编目(CIP)数据

生命中的那一个遗憾/我们编. —上海:上海人民出版社,2011

ISBN 978-7-208-10464-8

Ⅰ. ①生… Ⅱ. ①我… Ⅲ. ①故事-作品集-中国-当代 Ⅳ. ①I247.8

中国版本图书馆 CIP 数据核字(2011)第 257818 号

世纪文睿 Century Literature 出品

出 品 人　邵　敏
特约策划　仇耀耀　梦　晓
责任编辑　林　岚　赵海萍
营销编辑　李云虹
封面装帧　达　达
封面题字　傅惟本

生命中的那一个遗憾

我们 编

世纪出版集团
上海人民出版社出版
(200001 上海福建中路 193 号 www.ewen.cc)
世纪出版集团发行中心发行
上海景条印刷有限公司印刷
开本 890×1240 1/32 印张 6.5 字数 143,520
2012 年 1 月第 1 版 2012 年 1 月第 1 次印刷
ISBN 978-7-208-10464-8/I·963
定价 23.50 元